A cabeça do pai

Denise Sant'Anna

A cabeça do pai

todavia

*Levanta a cabeça,
já não precisas dizer nada.
A moça no pula-pula do salão
perdeu o umbigo.*

Carlos Drummond de Andrade

*No esperes que el rigor de tu camino
que tercamente se bifurca en otro,
que tercamente se bifurca en otro,
tendrá fin. Es de hierro tu destino*

Jorge Luis Borges

Cabeça 9
Dentes 17
Olhos 25
Ossos 29
Mãos 35
Cabelos 47
Pele 65
Sexo 71
Corações 79
Órgãos 91
Pés 97
Umbigo 105

Cabeça

I

Preciso oferecer um galo ao meu pai. Com uma baba seca nos lábios, olhos revirados, a mão direita ligeiramente erguida a indicar alguma coisa, foi assim que encontrei o meu pai caído no sofá da sala numa manhã de verão. A mãe, descabelada, andava de um lado para outro como se a casa não fosse mais dela, olhava o marido desacordado e dizia não saber desde quando ele estava daquele jeito. Telefonei para um serviço de ambulâncias: "A mais rápida, a mais rápida, por favor". A que veio era uma caminhonete arriada, com vidros embaçados, conduzida por um jovem que desconhecia o endereço do hospital, embora fosse um dos maiores da América Latina.

Sentei no banco da parte traseira do veículo, amparando com as duas mãos a cabeça do pai. Uma senhora de uniforme esverdeado, o bolso na altura do peito deixando ver um furo no primeiro O da palavra "Socorro", bordada com linha preta, reclamou: "Você não devia estar aqui, seu lugar é na frente, com o motorista". Não dei ouvidos. Em meio aos solavancos do percurso, ela tomou as providências de praxe: mediu a pressão arterial e a temperatura do paciente, perguntou se ele tinha diabetes, se sofria do coração e quais medicamentos tomava: "Tegretol e Lozartana... andava exausto, cuida da esposa com Alzheimer desde 2013".

"Mais algum remédio?"

Até o dia anterior, acreditei que o pai tinha todos os parafusos na cabeça, muito bem apertados, conforme ele dizia. Cozinhava, desenhava, gostava de andar a pé pelo bairro, jogar xadrez com um amigo e ouvir música. Já a mãe, até aquela data, parecia decentemente lúcida, embora eu não soubesse ou não quisesse admitir que o Alzheimer se encontrava em estágio intermediário, se distanciando a passos largos da fase inicial. A primeira prova que escancarou o tamanho da demência materna veio naquela manhã encalorada, quando eu fui visitá-los para mostrar como era fácil usar o WhatsApp. Toquei a campainha, a mãe abriu a porta e logo apontou o marido agonizando no sofá. Disse-me: "Ele está assim, não quer falar nem se levantar".

Quando o motorista meteu duas rodas da ambulância sobre o passeio para escapar do congestionamento, eu quase vomitei sobre o pai esticado na maca mais curta do que ele. Com a sirene ligada, era impossível ouvir se ele gemia, parecia inconsciente. De repente, sua mão esquerda começou a se mover. Os dedos se abriram e ela abandonou o aspecto de uma concha colada ao umbigo, como se o pai se descolasse do mundo. Bem no início dessa mudança, escapuliu de dentro da mão um parafuso. Media no máximo dois centímetros.

A sofreguidão do momento não me permitiu ficar intrigada. Mal o parafuso caiu no piso da ambulância, tratei de retirá-lo da vista alheia. O parafuso não ocupou meus pensamentos imediatamente, todos voltados para salvar a vida do pai. Guardei-o dentro da bolsa que trazia a tiracolo e só me lembrei dele na semana seguinte. Foi quando o ajeitei junto com as joias, numa caixinha de prata. Pensei que somente quando a rotina retornasse aos trilhos e a realidade parasse de me socar as vísceras eu teria cabeça para descobrir por que ele guardava um parafuso na mão esquerda, no momento em que foi acometido por um AVC hemorrágico. Foi este o diagnóstico: um AVC profundo e grave. Era grande o risco do meu pai morrer nas próximas horas.

Mas a sentença que recaiu sobre ele foi a de ser condenado a um corpo em pane, incapaz de morrer. A morte lhe foi roubada desde que ele fora retirado da ambulância e depositado no pronto-socorro. A cabeça do pai saiu das minhas mãos, fiquei sozinha e trêmula, na entrada daquele calabouço, sem lugar para me sentar, com a boca seca, enquanto lá dentro ele sofria uma espécie de abate. A normalidade inclemente de ressuscitar todos os que ali chegavam à custa de golpes, amarras, sondas e tubos tirava o espaço para fazer qualquer pergunta aos manipuladores do corpo paterno. A insensibilidade lhes havia sido ensinada (desde as aulas de dissecação, que evidentemente não servem apenas para a aprendizagem da anatomia). Insensibilidade que eles acreditam utilíssima, sobretudo por estarem na linha de frente do hospital: eles são os responsáveis por fazer a brutal transição dos doentes graves para pacientes estáveis.

Após essa metamorfose imposta ao pai, levaram-no para o andar de cima, ao lado dos postos responsáveis pela papelada do seguro-saúde. Era um salão retangular com inúmeros leitos separados por cortinas, ocupados com vítimas de AVC e também de quedas, atropelamentos, tiros, desastres automobilísticos, entre outras desgraças comuns na cidade de São Paulo. O ambiente hospitalar coagia todos a normalizar abruptamente um desespero inaudito. Alguns choravam alto, outros falavam ao telefone com voz embargada, imploravam ao destino para dar marcha a ré. O lugar era cheio de uma agitação que inesperadamente me deu um modesto conforto. Senti-me menos descabida ali do que mais abaixo, no pronto-socorro, ou, a seguir, bem acima, na UTI. Neste novo lugar, tive a impressão de colocar os pés em um céu científico, com repetitivos avisos sobre a obediência ao horário de visita. Uma vez na UTI, o pai não teve previsão de saída.

O périplo, que durou cerca de quatro horas e me levou das profundezas do pronto-socorro às alturas da UTI, lembrou o trajeto que fiz como visitante de um matadouro de porcos, anos antes. A gritaria dos bichos no primeiro compartimento, o seu encurralamento por um corredor estreito que os levava ao eletrochoque e à morte certeira. Eles resistiam a marchar rumo ao fim, como se o estivessem pressentindo. O golpe com uma faca na cabeça de cada porco era dado por um funcionário conhecido pelo óbvio título de Matador, um jovem vestido de branco que trabalhava seis horas diárias, embora o matadouro funcionasse mais de dezoito, ininterruptamente. Após a facada, havia uma série de outras etapas cuja sucessão me distanciou rapidamente da sanguinolenta gritaria inicial. No final, em vez de pacientes entubados, tudo era feito para o esquecimento dos animais vivos e em prol do desejo de devorar apetitosas costeletas dispostas em embalagens de isopor plastificadas. Mesmo depois dessa experiência, não cheguei a me converter ao vegetarianismo.

2

O diagnóstico médico não me deixava esquecer que nos miolos paternos havia uma poça do sangue vazado de alguma artéria. Se sobrevivesse, ele viveria como uma vítima do próprio corpo, e cada função orgânica lhe seria um fardo impossível de carregar sozinho. Sua cabeça não demonstrava que assim seria. Ao vê-la, eu me lembrava dele sem sondas, andando com roupas impecavelmente alinhadas, puxando levemente as calças ao se sentar. Agora, ele estava inconsciente, deitado de barriga para cima, imóvel. Diferente dos ombros e braços, sua cabeça não inchou, dando-lhe o aspecto plácido de quem dormia. Muitas cabeças acamadas na UTI eram assustadoras, revelando o estado de desuso em que se encontravam. Na dele ainda luzia um traço singelo da alma de um homem conhecido pelo zelo à esposa e o gosto pela boa mesa. Tranquilizava-me ver a cabeça do pai e sentir na palma das mãos a careca morna acima de tudo. Desamparava-me ler na tabuleta ao pé do leito a lista dos graves problemas que faziam dele um morto-vivo.

Durante semanas, eu ouvi o repetitivo diagnóstico que dizia: "O estado dele é estável". O dele sim, o meu não. Estável significava *nada de novo no front*. O pai vivia um limbo, a sua vida quase findara, mas a morte nada percebia, fazia-se de desentendida, não era com ela. Na sala de espera da UTI, ouvi dezenas de relatos sobre pessoas em coma, incluindo os esforços dos familiares para reanimá-las e restabelecê-las. Mas, diante do meu pai, ligado a uma parafernália de máquinas e tubos, eu era tomada por uma falta de jeito constrangedora, como se me exigissem andar com naturalidade sobre Marte. Os médicos de plantão passavam rapidamente para ver os pacientes, uma vez a cada seis horas. Costumavam ser atenciosos, examinavam as máquinas ligadas ao pai com a seriedade de um mecânico diante de um carburador. Mas houve uma médica, com olhos esticados de delineador, prancheta de acrílico violeta numa mão, talvez mascasse chiclete ao perguntar:

"Você é o que dele?"

"Filha."

"E o que é mesmo que ele tem?"

"Nada, está aqui porque gosta de dormir na UTI."

"Pergunte a ele como é dormir aqui, pergunte até ele lhe responder."

Passei a viver um semiluto. Dormia mal e comia muito pouco. Havia a mãe demente para cuidar, sem saber como ela caberia na minha vida, dois filhos e marido. Ao contrário do que se passou comigo dentro da ambulância, estar agora ao lado do pai entubado e inconsciente parecia não fazer a menor diferença. Enquanto eu oscilava entre angústia e apreensão, fui surpreendida pelo senhor Fonseca, amigo antigo da família. Encontrei-o por acaso, no café do mesmo hospital. Ao saber do ocorrido, ele não expressou transtorno. Disse que se eu precisasse de alguma coisa, era só pedir. Quando eu lhe contei que o pai guardava um parafuso em uma das mãos, ele sorriu.

3

Meu pai e seus amigos cultivavam um forte apetite pela ironia e por causos jocosos sobre a morte. Também tinham gosto em fazer piada sobre os infortúnios da vida. Na juventude desses homens, todos agora octogenários, a morte assustava mas também dava azo à piada. Morria-se com uma facilidade atualmente impedida pelas novas tecnologias médicas. Os doentes eram mais caseiros, a velhice começava e terminava cedo. Os velhos, embora tivessem a idade dos jovens de hoje, eram de fato velhos. Vestiam-se e comportavam-se como pessoas no final de um dever cumprido. Eram profissionais do crepúsculo.

A cabeça do pai não exprimia resignação diante das dificuldades que ele precisou enfrentar. Ela pairava com alguma curiosidade acima da própria existência. Era com esse fio de curiosidade que eu me sustentava na relação com ele e com a minha mãe. Conversávamos sobre política, meteorologia, meus filhos, viagens e música. Ou então sobre doenças, vitaminas e alimentação. Havia uma distância íntima, típica de muitos encontros entre pais e filhos adultos.

Depois de um mês internado na UTI, quando ele foi transferido para um hospital de reabilitação e cuidados paliativos, seu estado geral mudou. Um hospital singular, chamado Premier, com profissionais carinhosos e competentes. Numa manhã de domingo, ele abriu os olhos como quem ressuscita, contrariando a sentença dada no outro hospital de que ele estava com o cérebro *zerado*. Meus filhos ficaram emocionados e comemoraram o fato, enquanto eu me mantive suspensa em expectativas, incerta sobre o que deveria sentir. Temia que ele estivesse com sérios danos cerebrais.

Quando criança, conheci um senhor que, conforme se dizia, ficou lelé da cuca, saía pelas ruas a falar sozinho, ria quando havia motivo para chorar. Chamava-se Astolfo, era magro e narigudo, uns olhinhos de periquito. Vivia com uma senhora minúscula, cujo nome já não me recordo. Tinha a mania das fardas e de sair descalço, com um casaco militar surrado e um quepe. Certa vez, em plena missa de Domingo de Ramos, ele apareceu na igreja do bairro empunhando um galho de coqueiro. Justamente quando o padre contava sobre a entrada de Jesus em Jerusalém, Astolfo entrou na igreja marchando, dirigiu-se ao altar sem piscar, altaneiro. Colocou-se ao lado do padre, com ar de quem cantaria o Hino Nacional, bateu continência, agarrado ao imenso galho que lembrava um estandarte esfarrapado. A criançada riu, os mais velhos sentiram vergonha, o padre, com mãos pequeninas, alvas e fofas, o conduziu para o primeiro banco, abaixo do altar, agradeceu-lhe a oferenda e disse para todos ouvirem que Deus reconhecia a boa intenção de Astolfo e que ele podia ficar junto do rebanho. Astolfo permaneceu ali, estacado, até o fim da missa.

Naquela época, as demências não tinham sido capturadas pelo nome guarda-chuva "Alzheimer", e Astolfo era apenas mais um doido entre tantos. Nunca entendi essa espécie de orgulhoso sadomasoquismo científico em conceder às mais medonhas patologias o nome dos seus descobridores. O psiquiatra alemão Alois Alzheimer, em vez de virar nome de rua, praça ou biblioteca, será para sempre associado ao infortúnio das pessoas com o cérebro em desintegração. A perda da memória foi de tal maneira colada à palavra "Alzheimer" que se alguém batizar uma escola com esse título será interpretado como um ofensor, um perverso, um demente. O próprio nome colonizou completamente a imagem da velhice, de modo que hoje soa esquisito dizer que existiu um Alzheimer jovem, ou contar que o pequeno Alois corria com os irmãos pelos parques alemães a brincar, muito antes de virar quem descobriu aquela desgraça.

Tive dificuldade em partilhar com meus filhos o contentamento de ver o avô deles desperto. Demorou umas duas semanas até eu conseguir sorrir para o acamado, que, a essas alturas, já dizia frases que demonstravam alguma lucidez. Foi quando eu lhe perguntei o que ele fazia com um parafuso agarrado à mão. Não houve resposta.

Em sua casa, havia um quarto repleto de caixas com ferramentas. Era um lugar só dele, seu refúgio nas arrastadas tardes dominicais, um espaço que não despertava o menor interesse da esposa. Pensei na possibilidade de ele estar lá, minutos antes do AVC, fazendo algum trabalho manual com parafusos nas mãos, ao som de Smetana, quando subitamente sentiu-se mal... uma pontada forte na cabeça e a tontura que descoordenou um lado do corpo. Ele tentou chegar até a porta de entrada da casa para pedir socorro, mas acabou por cambalear e desmaiar sobre o sofá. Essa explicação dava-me uma ligeira calma, transformava o AVC num ataque sem causa externa, provocado pela velhice de alguma artéria. E ainda revelava que até os últimos instantes de vida lúcida, o pai se mantinha ativo e interessado nas coisas, construía e consertava objetos. Cedo ou tarde, morreria agarrado a um instrumento de labuta.

Já com a mãe, não adiantava perguntar sobre o pai com a esperança de que ela soubesse o que o marido fazia horas antes de cair no sofá. Ela não se lembrava. Quando eu dizia "parafuso", ela ria. E quando eu dizia o nome dele, ela entristecia, lançava-me um olhar sério, o retrato literal do nada que se alastrava dentro do que lhe sobrara de memória. Resolvi evitar o assunto. Era um tanto ridículo estar obcecada por um parafuso.

Subitamente, numa manhã ensolarada, minha mãe sentiu-se mal e apagou. Não adiantou chamar nem chacoalhar o seu corpo. No entanto, o coração batia; a respiração falhava, mas persistia. No hospital, depois de uma junta médica estudar o caso, decidiram entubá-la. Com imensa dificuldade. Foi preciso arrancar os dentes superiores, bem na entrada da boca.

Dentes

I

Ela acabou por ser internada no mesmo hospital em que estava o marido. No domingo de Páscoa, levei flores e fotografias antigas para ambos. Ao me ver, ela abriu um sorriso banguelo, cheio de honestidade. Já ele, depois de olhar atentamente algumas imagens, perguntou assustado: "E o Tolentino, morreu?". Eu não consegui saber de imediato quem era o Tolentino, mas o pai logo completou: "O marido daquela senhora dos dentes". Foi então que me lembrei de dona Isaltina, esposa de um senhor muito distinto, chamado Tolentino. Foram nossos vizinhos, numa época em que existiam mulheres com o costume de colocar em pingentes de ouro os dentes de leite dos filhos para exibi-los em colares. Diziam ser mais civilizadas do que as gerações passadas, subjugadas por crendices arcaicas. Referiam-se ao antigo costume de jogar os dentes de leite dos filhos no telhado da própria casa, na expectativa de garantir-lhes uma vida afortunada.

Dona Isaltina era uma senhora habituada a reclamar da mãe já falecida. Dizia ter tido uma infância feita apenas de trabalho e surras. Contava que a mãe era analfabeta, nunca havia aberto as pernas para um ginecologista e bebia uns chás amargos. Dona Isaltina, ao contrário, consumia comprimidos, lenços de papel e absorventes descartáveis. Exibia uma corrente de ouro ao pescoço, com três dentes pendurados, um de cada filho. Tinha a mania de afagá-los com o polegar e o dedo indicador, um por um, como quem esfrega as contas de um rosário.

Queria ser amiga da minha mãe, mas não era correspondida. A presença de dona Isaltina incomodava-me, especialmente o seu sorriso cheio de dentes bem colados uns aos outros, em forma de barbatana. Numa tarde quente, ela me perguntou: "E sua mãe, como vai? Diga-lhe que ela não precisa ter medo de mim, eu não mordo, viu?". Dona Isaltina perguntava sobre a vida de todos, mesmo sabendo que não queria ser ouvida. Difícil imaginá-la calada, de olhos fechados ou desatentos. Desde jovem, dona Isaltina era bisbilhoteira e, depois dos quarenta, passou a falar de maneira sentenciosa. A borboleta tomou ares de ratazana e a incontinência verbal afugentou os filhos, de cujo paradeiro ninguém sabia.

Ela vivia com o marido, o senhor Tolentino, homem com dedos finos, docemente cerimonioso. Um alfaiate de primeira. Infelizmente, desde que foi acometido pelo reumatismo, o senhor Tolentino sentia os abalos meteorológicos nas juntas. Não conseguia manter o rigor necessário para fabricar os moldes ou cortar os tecidos de acordo com as medidas de cada cliente. Perdeu as habilidades para o ofício e passou a ficar mais tempo em casa, deixando-se cobrir pela tristeza de um pijama amarelado. Dona Isaltina falava que ele devia se atualizar, afinal, ninguém mais usava ternos. Dizia-lhe: "Você precisa ser versátil". E quando ela pronunciava "versátil", era como se a sua boca lançasse uma verdasca com desenvoltura de réptil, pronta para esfolar o marido. Dona Isaltina falava às vizinhas que o senhor Tolentino era acomodado, "quadrado" e cheirava a ranço. Queria que ele se associasse a um comerciante chamado Édson, rei da versatilidade: em menos de uma semana, após ser demitido da fábrica na qual trabalhou durante décadas, o tal Édson montou um negócio para vender camisetas com imagens de um tubarão cinematográfico e passou a nadar em dinheiro. Dona Isaltina ainda dizia: "As camisetas podem ser todas iguais, só variam os tamanhos. E os tamanhos vão do 38 ao 48. O Édson é mesmo incrível, um homem que vai pra frente!'".

A fala da mulher era como um daqueles dentes pendurados ao pescoço, perfurando os miolos do marido, todos os dias. Ele já não sabia se o pior era odiá-la ou sentir piedade de si mesmo. Tudo o que interessava à esposa lhe parecia vulgar e o fatigava.

O senhor Tolentino não conseguia dizer para si mesmo o dia em que começou a definhar. Colecionava calendários, todos com anotações, segundo ele, igualmente preciosas. Guardava-os ao lado da caixinha das abotoaduras herdadas do avô. Conseguira encaixar a fala da esposa dentro das gavetas de uma rotina que lhe garantia previsibilidade na vida conjugal. Mas encontrava cada vez menos forças para fechar as gavetas. Foi perdendo o interesse por antigos hábitos. Primeiro, deixou de tocar gaita, seu passatempo favorito. Depois, abandonou a leitura do jornal. Por fim, minguou a energia para pentear os cabelos e cuidar da higiene. Ele, que sempre ambicionara costurar ternos para a posteridade, mal conseguia se vestir no começo do dia.

Numa noite de verão, quando dona Isaltina dormia fundo, com os dentes à mostra, o senhor Tolentino sentiu uma pressão no peito, quase uma dor. Faltava-lhe ar. Seria um infarto? Animou-se com a ideia de que, finalmente, morreria nos minutos seguintes. Havia pensado em suicidar-se inúmeras vezes, e eis que agora a morte lhe chegava como um presente. Entretanto, precisaria enfrentar os momentos de sofrimento que antecedem o fim. A pressão no peito era mesmo ruim — queria morrer sem desconfortos, mas isso já era pedir demais. Ao menos, pensou, podia morrer afastado daquela maldita esposa, virado para as estrelas.

Reuniu forças e se levantou. Conseguiu ficar em pé, com o pijama desabotoado. Saiu do quarto morno e se dirigiu para a porta de entrada, tentando não fazer barulho. Deixou a casa ofegante. Experimentava um alívio novo em meio à aragem que atravessava o hall de entrada. Fechou a porta da casa atrás de si e olhou para o alto. Morava no último andar, de modo que bastava subir um lance de escada para alcançar o telhado. O senhor Tolentino sentiu uma pontada mais funda no peito, mesmo assim avançou sobre o primeiro degrau, torcendo para que o golpe final esperasse alguns minutos. Apoiou-se com as duas mãos sobre o corrimão de ferro e jogou o corpo para cima. Um suor frio escorreu em seu pescoço, enquanto um contentamento crescente o animou a prosseguir. Morria, mas conseguia impor o modo de fazê-lo, sem suicídio, como se a morte houvesse lhe cochichado que faria tudo junto dele, segundo o seu agrado. Nunca tivera uma companheira tão delicada. A vida lhe fora descaradamente impositiva e rude, mas, agora, no seu término, a morte lhe dava a mão. Seu corpo, de pré-infartado, quem diria, revelava uma vitalidade esquecida. A bomba-relógio encerrada em seu tórax lhe concedia um tempo extra, um momento único, com a sua assinatura. Pela primeira vez, ele confiou na sorte.

Chegando esbaforido ao último degrau, o senhor Tolentino aproximou-se da portinhola que lhe projetaria para o topo do edifício. Estava ensopado de suor, trêmulo e com a respiração sobressaltada. Levou uma das mãos ao peito e com a outra agarrou o trinco da portinhola. Empurrou-a para fora, ouviu o ranger do ferro a riscar o cimento do chão e deu de cara com o hálito da noite. Descalço sobre o telhado do prédio, se esticou em direção ao céu. Ficou ereto sobre as telhas que guardavam o calor do dia, feito um mastro no meio da escuridão. Arfava de dor e regozijo, pensava ser o único caso na história da humanidade a experimentar a antecâmara do fim com tamanho garbo e entusiasmo. Não, não era um suicídio comprado, programado, com música retumbante ao fundo controlada por um enfermeiro. Era a morte natural, que, antes de acabar com ele, o adulava com instantes de júbilo. Um luxo. Pena ele não estar com aquele terno que ele próprio cosera e nunca tivera a oportunidade de usar, todo em linho branco, acompanhado de um chapéu.

O senhor Tolentino reencontrava naqueles instantes derradeiros a sua antiga vocação para o drama pomposo. Quando jovem, se via aflito com tal capricho, temia parecer vulgar. Levava-se demasiado a sério. Agora, sozinho sobre o telhado, o vento a desnudar o seu rosto lívido, as estrelas cravadas no céu escuro, soltou um ganido ao se ver, enfim, como dono do seu destino, impondo-se no final da linha. Seu corpo parecia prestes a reacender as chamas de uma ereção, tendo apenas os olhos da noite como testemunho. Estava tão à vontade naquele funesto reino que se deitou de barriga para cima com pernas e braços abertos, como se dominasse por completo todos os gestos da pré-morte. Ele morreria a olhar o céu, acima dos homens e junto aos dentes de leite jogados no telhado por seus antepassados. Pensou nos poucos suicidas que tiveram o privilégio de experimentar essa ópera de alguns instantes antes de tudo se calar. Imaginou ainda que os momentos finais são de fato intransmissíveis, pois neles fica-se de mãos dadas com o além.

Deitado sobre o telhado áspero, no ápice das núpcias com a majestade terminal, sentiu um pequeno esmaecer do brilho estrelar, uma brisa mais quente, uma mudança de prumo. A bomba-relógio do seu peito começou a desarmar, sem o seu consentimento ou controle. A pressão no coração diminuía, a respiração voltava ao habitual. Surpreendido, o senhor Tolentino não queria crer. Enganara-se. Não havia chegado a sua hora. A morte partia em fuga, o abandonava sem maiores explicações. Deixava-o sozinho sobre o telhado seco como ossada, para acompanhar outro homem. O senhor Tolentino cerrou os punhos e concluiu: "É feminina a morte, suspeita e imprevisível. Uma puta!". Ele a sabia fatal, mas agora apreendia o seu aspecto inconstante, o seu coquetismo sombrio. Até mesmo a morte quis expô-lo ao ridículo, ludibriá-lo, fazer pouco caso de suas expectativas. Mas podia ser ainda mais humilhante se concluísse que, em vez do nobre infarto, a morte nem lá se deu ao trabalho de estar: eram apenas gases ordinários que lhe incomodaram e inflaram o peito. Quanta humilhação! Não, o senhor Tolentino preferiu pensar somente na primeira hipótese. A dos gases não combinava com aquele arrebatamento vivido em cima do telhado.

    E agora, o que fazer? Voltar como um derrotado para casa? Ficar ali estendido até o próximo anoitecer? Restava ainda o suicídio. Mas, depois da aturdida experiência, o senhor Tolentino achou que nada mais estava à altura. Suicidar-se ou viver, tanto fazia. Uma coisa era certa: nunca mais esperaria pela morte, nem perderia um instante a desejar o seu retorno.

    Antes de o sol nascer, voltou para casa. Dormiu profundamente e, ao acordar, percebeu que o desânimo habitual não lhe esgarçava os miolos. Com o passar dos dias, deixou de temer as consequências dos seus atos. Não conseguia mais viver sob medida. Passou a enfrentar a esposa, a calar-lhe a boca com um berro. Dona Isaltina pensava que o marido perdera o juízo; no entanto, estranhava o fato de ele retornar à leitura do jornal, caprichar na arrumação da própria vestimenta e tocar gaita. Um dia ela disse alguma coisa que o fez arrancar-lhe o colar de ouro com um golpe. Em seguida, sem pestanejar, o senhor Tolentino jogou dentro da própria boca os três dentes que ficavam pendurados no colar da esposa. Engoliu um por um, com chá amargo, como se fossem comprimidos. Diante do canibalismo abrupto do esposo, dona Isaltina calou-se. Era a primeira vez que o marido a fazia estremecer.

    Nos dias que se seguiram, se evitaram. Ela andava trêmula e ele não achava um rosto para chamar de seu no novo figurino de homem agressivo. Sempre primara pela elegância e era difícil encontrá-la nos berros de um macho. Seja como for, ele estava mudado, por isso não se sensibilizou com as tentativas de aproximação da esposa. Passou o verão, veio o outono e ela não ousou levantar-lhe a voz, menos ainda falar das facilidades da vida moderna. O ódio à esposa deu lugar à indiferença amorfa. Dona Isaltina começou a ter dores de estômago, além de uma inusitada desatenção. Levou um tombo e perdeu dois dentes, quebrando mais um. A mulher murchava, mas ele não sentia quase nada, apenas uma minúscula vergonha de ela ser o que era. Viveram nessa desunião durante anos.

Ele não sabia dizer o dia em que começou a se apiedar da esposa. Talvez tenha sido quando ele a viu arrumando os panos de prato na gaveta da cômoda, com mãos trêmulas e unhas puídas. Dona Isaltina andava cada vez mais abatida e solitária. Vez por outra, ela olhava o marido como quem contempla um pobre-diabo. Viveram em comiseração mútua outros tantos anos. Até que, numa manhã nublada, ela não acordou. O senhor Tolentino tocou a testa da mulher com o dedo indicador, pegou-lhe o pulso inerte e nem suspirou ao buscar uma manta para cobri-la. Providenciou o funeral sem afobação. Vestiu um terno escuro para a cerimônia, deu um nó pequeno à gravata e se esmerou na escolha das flores. O senhor Tolentino sabia que precisava enterrar na tumba da esposa um pedaço de si mesmo torturado havia décadas.

O gosto da liberdade não veio de supetão. Apareceu como um alargamento da casa, uma folgança ao acordar de manhã e encontrar a louça no mesmo lugar em que deixara na noite anterior; depois, tomava o café sem o barulho da descarga no banheiro; e como era bom tocar gaita sabendo que dona Isaltina não o ouvia, nem existia. Enfim, uma vida sem vigilância ou censura.

Passaram-se vários anos. O senhor Tolentino já não via grande relevo entre os dias, mas sensibilizava-se diante das mínimas mudanças atmosféricas. As juntas deixaram de ser o seu principal barômetro. Curiosamente, as nuances meteorológicas lhe conferiam um contentamento singular. Chuva, sol, vento, brilho da lua e das estrelas lhe davam um regozijo infantil. E ele não postergava essa satisfação para o dia seguinte. Também desapegava-se facilmente dos dias de ontem, enfileirados a perder de vista no que lhe restava de memória. Naquela idade, seria uma brutalidade desertar o presente para lançar-se no que já foi ou no que ainda seria, de modo que vivia sem calendários. Movia-se pouco e logo alcançaria a casa dos noventa.

Numa noite abafada de verão, ele esticou o corpo para alcançar a janela logo acima do leito. Olhou para o céu e gostou de ver a constelação Cruzeiro do Sul em evidência. Percebeu que o vento soprava em direção ao norte. Então, veio-lhe a lembrança daquela noite quente, quando subiu ao telhado para morrer infartado, numa época em que ele nada entendia de estrelas ou de vento. Riu de si mesmo. "Eu ainda era jovem, hoje me contento em abrir a janela."

Olhos

I

Parecia mau-olhado. Era assim que se dizia quando alguém interpretava uma desgraça como consequência de invejas. Quando perguntei ao pai se ele queria os óculos para ver melhor as fotografias que eu lhe mostrava, ele pediu para chamar a Lavínia.

Ela foi nossa vizinha, no tempo em que quintais de terra com laranjeiras e mangueiras faziam parte da vida familiar da classe média. Ao fundo do quintal de dona Lavínia, um poço armado em pedra escondia-se do sol a pino. Um dia olhei para dentro do poço cheirando a barro e avistei uma escuridão movediça. Um arrepio raiou dentro da minha calcinha, foi tudo tão rápido, a vida é um sopro, dizia dona Lavínia. Lembro-me dos seus olhos negros, parecidos com as gordas azeitonas negras lambuzadas em óleo e que minha mãe degustava aos domingos. E ainda hoje guardo a lembrança do palpitar ofegante partilhado com a molecada do bairro, todos acocorados no quintal da senhora Lavínia, ansiosos para ouvi-la. As narrativas eram rocambolescas, embora seus detalhes hoje me escapem. Ela era entusiasmada e arregalava os olhos sempre que falava do estrangulamento de princesas virgens por mãos de madrastas ressentidas ou amantes loucos de ciúmes. A criançada pouco ligava se, para os adultos, ela não passava de uma viúva mal-amada. Suas narrativas salpicavam o meu olhar com as tintas da malícia adulta, puxando-me para um pântano de crime e paixão.

Mais tarde entendi que existem desgraças independentes do mau-olhado. Quanto mais eu pensava sobre os meus pais, mais o mau-olhado virava um conto de carochinha, um revólver de brinquedo apontado para pessoas muito jovens e afortunadas. E meus pais não eram nem uma coisa nem outra. Estavam vivendo seus últimos dias de modo dramático, sem previsão de retorno. Ora, isso Lavínia não nos contou: os crimes narrados por ela não nos deixavam perceber muitos dos dramas vividos pelos adultos. E a criançada daquelas tardes ensolaradas mal imaginava o sofrimento típico da rotina construída junto a entes queridos que lesionaram o cérebro e nenhuma história conseguem contar.

Desde que o pai saiu do estado inconsciente e voltou a falar, percebi a mudança. A névoa de ternas emoções que antes ninava o seu olhar bateu em retirada. Em vez de olhos, restaram dois carocinhos de ferro fundido. Não foi exatamente o meu velho pai que emergiu após o AVC. De dentro dele nasceu um outro, atônito. Esse outro parecia sufocar o meu pai, que com ele se debatia e, vez por outra, o vencia. Então, era bom apertar-lhe as mãos e receber o mesmo aperto em resposta, ouvi-lo falar uma ou duas palavras, contar-lhe sobre o que acontecia para além do leito hospitalar. Mas também era ruim. Viver naquelas condições é um desses absurdos que por puro azar atinge mais uns do que outros. Inventar um sentido para a vida não é tarefa do corpo biológico. Religiões e filosofias servem como ajuda, mas meu pai não as tinha em boa conta. Portanto, restava viver cruamente aquele cativeiro, no qual ele não conseguia mover o próprio tronco, nem andar ou comer. Enfermeiros viravam o pai no leito; desnudavam, limpavam e vestiam o seu corpo diariamente.

2

Entre as crianças daquelas tardes de casos narrados por Lavínia, havia Liliana, que gostava de contar histórias para as bonecas de sua coleção. Ela não era a única. Durante a minha infância, as bonecas eram figuras comuns e ouvintes inesquecíveis. Lili era uma boneca que chegou em uma caixa prateada como presente dos seis anos de Liliana. Era o seu sonho realizado. Queria muito ter uma boneca da marca Estrela, cheirando a plástico, com cabelos brilhantes e grandes olhos que reluziam na escuridão. Ficou tão excitada com o presente que não conseguia mais dormir a noite inteira. Acordava de madrugada para agarrar a boneca novinha em folha, acariciá-la e cochichar-lhe um mundo de pequenas histórias. Adorava ficar com ela no macio da cama, protegida da noite. Acreditava que era a sua alma gêmea.

Numa dessas ocasiões de insônia, Liliana começou a ouvir barulhos que pareciam vir da cozinha. Seus ouvidos ainda não eram pavilhões assombrados, apenas dois orifícios que captavam resmungos. Não dava para distinguir se era gente ou bicho. Assaltou-lhe a ideia de que pudesse ser um ladrão. Para ela, a casa era enorme, e o quarto dos pais bem distante do seu. Pensou em se esgueirar pelo longo corredor ao lado da cozinha, alcançar a sala e correr para junto dos pais. Agarrou Lili e foi andando na ponta dos pés rumo ao corredor. O chão de pedra gelava os pés, mas Liliana estava decidida. Quando a cozinha estava próxima, ela avistou um filete de luz na beirada da porta, aumentando a suspeita de que havia alguém lá dentro. Deu mais uns passos e, de repente, ouviu uma palavra, na verdade um palavrão, proferido com a voz do pai. O medo do ladrão fugiu, dando lugar à inquietação. O pai estava na cozinha. Ele andava amuado nos últimos tempos, a mãe dizia que eram problemas no trabalho.

Liliana chegou diante da porta da cozinha e a empurrou devagarinho, coisa de um palmo. Arregalou os olhos ao ver o pai de costas, espremendo a Cidinha, empregada jovem, contra o azulejo branco da parede. Liliana, titubeante, perguntou:

"Pai?". Quem ouviu primeiro foi a empregada, pois o pai parecia surdo. Esticou o rosto para fora dos ombros daquele homem que lhe circundava contra a parede e seu olhar se chocou com o de Liliana, estacada na porta de entrada, com a boneca no colo. A empregada sentiu o calor de um fósforo riscado no peito. Procurou se recompor, enquanto o pai continuou virado para a parede.

Liliana não conseguia saber o que sentia, uma vez que as emoções que conhecia não serviam para a ocasião. Não era medo nem raiva, não era tristeza nem alegria. Confusa, repetiu: "Pai?". E ele falou num jato, sem olhar para a filha: "Isso não é hora de estar de pé, vai já pra cama".

Liliana voltou para o quarto. Nada mais parecia igual. A cama ficou estreita, a camisola apertada, e Lili não passava de uma boneca.

Ossos

I

Ao cursar o primário, a sala de aula tinha piso de madeira, carteiras com porta-tinteiro e, no canto oposto à porta de entrada, havia um esqueleto. Fazia parte da classe, assim como o grande lustre no teto e o crucifixo na parede. Às vezes lhe dirigíamos cumprimentos, como quem diz bom-dia e boa-tarde a um daqueles guardas de trânsito dos desenhos animados. Era um esqueleto ilustrativo dos mistérios narrados pela professora de ciências e não uma caveira a acenar com a fatalidade da morte. Não assombrava, parecia um brinquedo.

Diferentemente do esqueleto escolar, a presença de pessoas muito magras angustiava-me. Meu pai havia perdido massa muscular e era agora pele e osso. Ele sempre perguntava quando é que voltaria a comer pela boca, livrando-se da sonda. Eu não sabia o que dizer e acabava por mentir. Certa vez, depois de repetir a mesma pergunta, ele disse que gostaria de comer dobradinha. Esse desejo trouxe-me a recordação de uma prima já falecida, que viveu uma situação vexatória à mesa.

Ela não tinha mais do que seis anos quando se viu cara a cara com um prato de dobradinha. Era um domingo de inverno e a prima estava com os pais na casa de uma senhora que diziam ser a proprietária, alguém importante. A senhora explicou que a dobradinha era feita com estômago bovino, sem nenhum ossinho, muito bem lavada, para não deixar cheiro. Bastou dizer isso para a prima imaginar o pior cheiro do mundo escondido naquelas dobras escorregadias de um estômago em tiras. Para não contrariar frontalmente os pais, ato nem sempre comum naquele tempo, a prima colocou na boca um pouco do preparado. Assim que sentiu a textura, pensou em velhos vermes estomacais com pelos nas costas. Sem condições. Aquilo não tinha a consistência dos ossos nem das carnes, escorregava entre os dentes. Levou o guardanapo de algodão branco à boca e lá despejou tudo de volta. Foi quando percebeu que ninguém notara o gesto. Então, lhe veio a ideia de repetir o feito. Várias vezes. O guardanapo foi se enchendo e adquirindo a forma de um saco. No começo, ela sorria sem graça entre um despejo e outro. Depois, começou a experimentar o contentamento dos que mentem e ficam impunes. Ganhou segurança e até alguma faceirice no gesto. Escondia o saco no colo, abaixo do tampo da mesa. Mas ficava cada vez mais difícil erguê-lo com discrição. Por fim, sua mão se revelou menor do que a ambição de esvaziar o prato. Aquele saco de pano cheio de dobradinha se abriu, bem quando ela o levava à boca. Impossível evitar o desastre. Sujou-se inteira, e o almoço foi interrompido. Os pais a limparam como se a sovassem.

Mas o pior foi o que a proprietária lhe disse baixinho, quando já estavam de partida: "Enquanto você desperdiça dobradinha, há milhares de crianças que morrem de fome na África!".

Minha prima entendeu que comer dobradinha e morrer de fome na África davam na mesma.

2

Naquele tempo, "magrinha", "fraquinha" e "desnutrida" eram palavras proferidas facilmente por vizinhas, numa rima áspera para os ouvidos de quem estava na puberdade, em busca de curvas. Ser "moça tábua" era não dar nada para os rapazes, deixá-los mais lisos do que pau de sebo, por isso eles fogem, diziam as mais velhas, as mesmas que cochichavam sobre homens que só queriam peito e bunda para pegar, agarrar, gozar em cima. Diziam que conheciam as que perdem a virgindade pelo jeito de andar, por isso, quando os seus olhos me fisgavam, eu espremia uma perna contra a outra para me equilibrar feito malabarista sobre um fio de aço, mesmo sendo virgem. Algumas riam, mostrando todos os dentes, sem vergonha dos caninos incrustados de tártaro. Depois, paravam abruptamente de rir e diziam, "Coitadinha da Lucinha, da Mirinha, da outra, como é mesmo que se chama? Tão magrinha, só pele e osso, vai ver que é doentinha, imprestável". Aos domingos, repetiam ajoelhadas: "Cordeiro de Deus, tende piedade de nós".

Odiar tem uma certa dose de músculo, não é como a manhosa autopiedade, que nunca mata de uma vez só. Sentir dó corrói os ossos e dobra a espinha de qualquer fera, um trabalho feito com uma fidelidade canina. O pior é quando a piedade se inclina para expressões como "corpinho, comidinha, cocozinho", um universo envolto em fraldas se agarra a adultos e os humilha cotidianamente, como se eles fossem gracinhas de coitadinhos, todos igualmente destituídos de uma coluna vertebral capaz de erguer peso e sustentar as mais complexas cabeças. O coitado fica aprisionado na condição de vítima indefesa, como um vira-lata magricela, perdido na cidade.

O primeiro sentimento de piedade que lembro ter sentido veio por meio do Bob, um cachorro vira-lata que apareceu em casa muito jovem e agitado. Foi viver no quintal com piso de cimento do sobrado da minha infância. Servia para assustar possíveis ladrões, especialmente depois que um deles conseguiu pular o muro e arrombar a porta da cozinha, dando de cara com o meu pai, no meio da noite. O pai, entre medo e instinto de sobrevivência, agarrou uma tesoura como se fosse de fato partir para cima do ladrão. O bravo gesto paterno, contava a minha mãe, assustou o gatuno, levou-o à fuga.

O sobrado ficava entre terrenos baldios, um atrativo fácil para ladrões, quando a segurança ainda não pedia o arsenal de equipamentos que hoje é tão comum. Para afastar os roubos, bastou um cão e um portão de madeira. Mas o Bob e o cimento não faziam boa dupla. Tanto assim que ele escapuliu. Passaram-se dois ou três dias, e nada do cão retornar. Meu pai tentava em vão chamá-lo com o latido oriundo de um brinquedo meu, uma espécie de corneta com o formato de cão. Numa manhã ensolarada, Bob foi encontrado todo sujo, fedido, com um ferimento em uma das pernas traseiras em forma de dois lábios róseos, entre os quais era possível avistar um ossinho viscoso. Parecia uma escara.

De volta ao lar, cabisbaixo e um pouco amedrontado, Bob nunca mais foi o mesmo. Havia também o peso da idade. Quando jovem, bastava chamá-lo pelo nome para ele subir as escadas e me alcançar, debruçada à janela; abanava o rabo e respirava com a língua de fora, muito lépido. Depois daquela fuga, até o rabo perdera o viço e a rigidez. O chão de cimento gelava em noites de inverno e Bob parecia-me o ser mais solitário do planeta. Sobretudo quando uma doença dos olhos conferiu-lhe um aspecto lacrimoso. Ossudo, quando ele vinha vagaroso para cima de mim, eu tinha a sensação de abraçar um estrado. Pior: ele deu de lamber nossas mãos sempre que elas estavam próximas de sua cabeça.

Num domingo, meu pai, que acabara de comprar um Fusca verde-oliva, saiu com um de seus irmãos para testar o automóvel. Dizia que era possível acelerar e frear com uma rapidez fora do comum. Eu fui com eles e me sentei no banco traseiro com cheiro de plástico. As ruas estavam quase desertas e, subitamente, eu senti um galho de árvore se partindo, bem abaixo dos meus pés. Foi tudo muito rápido. Até hoje não sei se foi um galho seco ou a perna de um cão. Uma coisa é certa: ninguém parou o carro para socorrer o suposto atropelado.

Naquele tempo, a figura do cão vira-lata era comum. Sem dono nem coleira, os cães com paradeiro incerto perambulavam por estradas de terra, praças e ruas ainda pouco movimentadas. Para as crianças da minha geração, esses cães eram presas fáceis das temíveis carrocinhas, conduzidas, pensávamos, por um velho bigodudo, especializado em sequestrar cães para transformá-los em sabão.

Meses antes de nos mudarmos para um apartamento, quando o Bob já estava com doze anos, eu e minha mãe fomos passar férias na casa da família dela, no interior paulista. Foi quando meu pai resolveu salvar o Bob. Ao chegarmos da viagem, ele contou que o cão havia morrido. Não demorou muito para eu perceber que meu pai matara o Bob — "sacrificara o animal doente e velho", conforme se dizia — com um tiro de revólver. Ficou por conta da minha imaginação o restante da cena. Quais seriam os sentimentos do meu pai no momento em que disparou a arma, abrindo um furo vermelho e profundo na cabeça do Bob? E depois precisou encarar o animal agonizante, esperar sua respiração cessar, flagrar os pelos tingidos pelo sangue a escorrer daquele furo, certificar-se de que o cão morrera e então se ver só, com uma pá nas mãos. Cavou um buraco, provavelmente no jardim da casa, para lá jogar o corpo canino ainda quente, largando-o na cova estreita para finalmente cobri-lo com terra. Talvez ele tenha executado o cão firmemente e logo depois tomou uma cachaça. Outra possibilidade é a de ter dado ao Bob algo para beber capaz de adormecê-lo, facilitando o próprio trabalho de dar fim à vida do miserável cão. Mas minha intuição dizia que o revólver havia sido usado. Para a geração dos meus pais, nascida entre as duas grandes guerras, os tiros de revólver eram mais comuns na realidade do que na televisão. Sacrificar animais doentes era tido como um ato piedoso, que servia muito mais para livrar todos de sentirem dó de um velho cão doente. Temiam a piedade.

Mãos

I

Depois de quatro meses de internação, meus pais se reencontraram. Sessenta anos de casados numa cama estreita. Minutos antes, ela se olhou no espelho, passou o batom e seu rosto adquiriu alguma gravidade.

    Foi levada até ele numa cadeira de rodas. Havia uma equipe médica para acompanhar o encontro. Era evidente a curiosidade sobre a reação do casal. Assim que ela o viu, acamado e mirando o teto, fixou-lhe atentamente os olhos. Aproximou-se e estendeu-lhe uma mão. Ao vê-la, ele franziu ligeiramente o cenho e ofereceu-lhe a única mão que ainda era uma mão. Esse encontro em meio aos bipes hospitalares provocou lágrimas em algumas enfermeiras. Meu filho mais novo emudeceu, desprovido de tutoriais para traduzir o que via. Depois, ela murmurou palavras, sem trocá-las, com entendimento. Surpreendeu-me. Pai e mãe, ali, sérios como dois corvos, deixavam-me de ser familiares. Ou mostravam-me o que nunca me fora de direito ver.

    Minha mãe perguntou ao meu pai se ele gostava do batom. Ele respondeu sem titubear: "Adorei". Depois de algum tempo em silêncio e de mãos dadas, ela perguntou baixinho: "Posso ir embora?". Ele respondeu: "Me espere lá embaixo".

Mesmo durante a internação, uma cuidadora esmaltava as unhas da minha mãe semanalmente, oferecendo-lhe o gosto de ver, na ponta dos dedos, a vida deixada no passado sem o seu consentimento. Mas ela já não comia sozinha. As mãos não cooperavam. As mãos anunciam os primeiros carinhos amorosos e, mais tarde, a inabilidade em viver. Já as mãos do pai pareciam pertencer a pessoas distintas. A direita estava como sempre fora, mas a esquerda, aquela que segurava o parafuso, sofria de enrijecimento e fraqueza muscular. Os dedos ficavam todos juntos, cerrados. Talvez o pai não escondesse um parafuso naquele dia. O parafuso teria ficado com ele porque aquela mão paralisou e se fechou. Ou, então, talvez ele o tenha agarrado no ápice da dor, como quem recorre ao primeiro objeto que vê pela frente quando pressente o próprio fim. Mas o parafuso era tão pequeno, nem chegava a ser um objeto.

Numa tarde, ele me disse: "Estou mais inútil do que lista telefônica". Noutra, ele perguntou: "E o diário do meu pai?". As perguntas dele surpreendiam, como se, ao queimar alguns fios da memória, o AVC tivesse desencaixado as ideias, tornando-as peças soltas de um quebra-cabeça, perdidas pelo cerebelo afora.

O diário do meu avô ficava dentro de uma caixa de madeira retangular. Assim que retornei ao hospital, levei o diário e li algumas passagens, escritas com caneta-tinteiro e uma caligrafia esmerada, marcando a distância colossal entre o mundo do avô e o meu. A narrativa era mais um testemunho linear que o autor queria dar a saber aos descendentes do que um relato de suas mágoas. Pouco a pouco, embora tentasse resistir, o pai fechou os olhos e adormeceu. Na semana seguinte, ao retornar à leitura, ele me interrompeu para completar uma informação que não havia sido escrita. Disse baixinho: "Fui marceneiro".

2

Mal retornei à leitura do diário, o pai voltou a falar e, dessa vez, pronunciou o nome de uma antiga professora de música, dona Mafalda, uma figura altiva e magnânima. Quando ela ouvia os melhores alunos a tocar piano, fechava os olhos, esboçava um sorriso e regia a música com um balançar sonâmbulo das mãos. Os alunos a imitavam depois, com os risos típicos da crueldade pueril. Ao final de cada ano, dona Mafalda os presenteava com uma medalha de honra e mérito, em cerimônia digna de um clube militar. Naquele tempo, havia quem cultivasse a apetência por fardas, medalhas e continências. Era o caso daquela professora de piano, casada com um oficial do exército envolvido no governo da ditadura. No dia em que ela pendurou em minha blusa o alfinete com a medalha, o tecido repuxou e a gola ficou caída. Tive a impressão de que a medalha não fora feita para mim, de que fugia para longe. Eu queria ser a primeira a abandonar a medalha, mas era ela que, uma vez alfinetada à blusa, decidiu ir para outro lado, afastar-se do meu peito. Alguns colegas que não suportavam as longas lições da professora, menos ainda a cerimônia das medalhas, diziam quase cantando: "Má fada, má fada".

Não foi, contudo, a impressão deixada por ela no final de 1969, quando o seu único filho apareceu de surpresa na comemoração das medalhas. A postura marcial da professora afrouxou e ela adquiriu uma candura quase infantil. Ela procurava o filho com o olhar meigo e lhe disparava sorrisos. Porém, nada desarmava o rosto dele, que não se intimidava em exibir uma desinibida insatisfação. Ela suplicava um carinho daquele jovem, nem que fosse para servir de muleta, estepe, capacho, trapo de enxugar panela. E o filho contemplava friamente cada uma dessas condições, deixando-a perceber que nenhuma delas lhe convinha. A mãe não lhe era adequada, não se encaixava. Ele a fazia saber que ela lhe devia muito, mas como ele não dizia claramente o que ela devia, a tal dívida era impagável. E ela vivia cortando à faca a própria alma, pedaço por pedaço, para ver se cabia no suposto coração do filhinho amado. De nada adiantava. Para suportar a dor, dona Mafalda se convencera de que fizera por merecê-la, acreditando que suas mãos foram mais do piano do que do filho. E, ainda, pensava que o rebento havia sido injustiçado, primeiro pelo pai, depois por um coletivo de conhecidos que abarcava desde primos e tios até colegas de escola, professores e vizinhos. As poucas vezes em que ele dava ouvidos à mãe era quando ela confirmava seus mimos em forma de somas crescentes de dinheiro. O filho tinha quase trinta anos e dependia economicamente dos pais, principalmente das poupanças da mãe. Mesmo com a alma mutilada, ela continuava a cerimônia da entrega das medalhas como se todos merecessem a condecoração, menos ela.

Na mesma época, eu achava que a alma não tinha sangue, exceto aquela em forma de coração exibida por Jesus Cristo, tal como mostrava um quadro pendurado bem à minha frente na escola de datilografia. Nele, o coração-alma de Jesus, que mais parecia um peito de frango, pingava sangue. E eu concluí que as ofensas ao ser sagrado eram mais doídas do que as injustiças feitas aos humanos. Ao fazer esse tipo de raciocínio, queria logo confirmá-lo com o pai. Muitas vezes ele me chamava pelo nome e sobrenome, "Paula Braga", dando-me a sensação de existir como adulta, para além da filhinha do papai. Ele também não era amigo de proselitismos, seu olhar dava-me a impressão de que ele nunca diria tudo, jamais eu poderia ultrapassar os primeiros passos do que o meu pai pensava. Já a minha mãe era perita em falar o que lhe vinha à cabeça, preenchendo quase a casa inteira com as suas opiniões, inclusive as gavetas do meu guarda-roupa. Ela modulava o meu nome de acordo com o seu estado de espírito, desde "Paulinha" até "dona Braga". Foi ela quem me ofereceu um Poliopticon como presente de dez anos. Fiquei extasiada com as diferentes peças de plástico preto e cinza, dispostas em compartimentos bem recortados, dentro de uma grande caixa retangular cor de laranja, que levava a frase: "Para o cientista de amanhã". Com o Poliopticon, podia-se montar e desmontar mais de quarenta instrumentos, desde lupas até um binóculo, e ainda um microscópio repleto de parafusos.

Lembro quando os meus avós ofereceram-me os fascículos de uma coleção ilustrada sobre a vida de leões, tubarões e girafas. No quintal da minha casa não havia bichos de grande porte, de modo que eu acabei me interessando seriamente por minhocas. Elas pareciam indecisas, não eram cobras nem vermes. Depois da chuva, saíam para passear, sempre desnudas. Havia lido que existiam vários corações em cada minhoca, podendo chegar a quinze no total. Mas eu nunca os vi.

Aos dez ou doze anos, escrevia sobre animais, para as aulas de geografia e ciências, em uma máquina Remington tão pesada quanto o escovão que ficava atrás da porta do meu quarto. Depois que ganhei uma Olivetti azul-clara, passei a escrever sobre os humanos, alguns com coragem para quinze corações. Quando comecei a perceber o mundo para além do quintal da minha casa, escrevi sobre aleijados. Essa fase melodramática foi longa. Mais tarde, inventei personagens que eram tanto vítimas quanto algozes, difíceis de classificar. Mas eu não conseguia me livrar da preferência por casos como o de Teresa, uma jovem obesa no sertão nordestino que mal conseguia ver os próprios pés. Ela era casada com um farmacêutico chamado Probêutico que a amava com toda a singularidade do seu nome. Teresa queria que ele lhe aplicasse injeções para emagrecer e, como ele não o fazia, pois não possuía a ciência desejada pela esposa nem o hábito de mentir para ela, resolveu ficar um domingo inteiro debaixo do sol, nua, para derreter as banhas. O empreendimento não obteve sucesso e lhe acarretou uma severa desidratação. Depois desse dia, ela passou a ser vista como a promessa de tenros presuntos, despertando a cobiça até mesmo das cabras. Fora deflorada aos sete anos, quando as palavras "estupro" e "pedofilia" ainda não eram comuns. O homem que a deflorou era um tio materno, que nem se deu ao trabalho de esconder o fato da vizinhança. Eu me entusiasmava em escrever, mas não gostava do que escrevia.

Em uma das visitas ao meu pai, ele me perguntou sobre os seus livros. Eu contei que eles estavam bem e que na próxima visita eu traria um deles para lermos juntos. Ele disse: "Bom".

3

Ninguém vira cuidador da noite para o dia.

Mentira.

Suelen tinha oito anos, vivia com os pais, um irmão e a avó, numa casa encostada a um morro. A avó trabalhava como empregada doméstica do outro lado da cidade, com grande orgulho de ter carteira assinada. Durante uma tempestade, o morro desabou. Ela e a avó sobreviveram. Ela, descalça, e a avó a ciscar uma eternidade de entulhos. Suelen não era dada a grandezas nem a miudezas, passou o dia posterior à tragédia em cima do telhado de uma mercearia, não muito longe dali, de onde via o outro lado da cidade, o rio que de longe parecia espelho e os pombos sobre os fios próximos que mais pareciam urubus, nunca olham o mundo de frente. Ela não queria entendimento com esses bichos da vizinhança.

Passados uns dias, a avó alugou um barraco, o proprietário era o dono da mercearia. Faltava encontrar quem ficaria com Suelen durante o dia, enquanto a avó trabalhava. Sozinha é que ela não podia ficar, a avó ouvia casos, um pior do que o outro. Com a voz entrecortada de vergonha e receio, a avó pediu à patroa com poucas palavras: a menina podia vir com ela para o serviço, todos os dias, ninguém notaria, era quietinha, nem precisava comer. A avó também tinha outras ideias: a menina aprenderia uns servicinhos. Mas isso ela não falou naquele dia. Era muita coisa para pedir de uma só vez.

A patroa aceitou que a empregada trouxesse a neta, com a condição de não haver amolação nem despesa. A avó ficou aliviada e começou a levar a menina para o trabalho, do outro lado da cidade. Suelen não teve outra alternativa, a não ser ficar o dia inteiro com a avó.

Na casa da patroa, a avó ensinou a menina a passar roupa. Depois, a esfregar o chão do banheiro dos empregados, no fundo do quintal. Suelen não arredava o pé dali e os patrões mal a viam. Com nove anos, Suelen já dividia com a avó a maior parte das tarefas. Não ganhava nada com isso, pensava que era a sua obrigação, afinal, a avó era a sua única parente.

Em pleno verão, Suelen ficou gravemente enferma. Dengue. No mínimo quinze dias de repouso, disse um doutor do posto de saúde. A única forma de não deixá-la morrer foi recorrer novamente ao dono da mercearia, que vivia com uma mulher muito crente. Em nome de Deus, quem sabe, os dois aceitariam cuidar da menina enquanto a avó trabalhava. Ela pediu pelo amor do Senhor que eles fizessem esse favor, já que a menina era pequena e acomodava-se em qualquer canto, não comia nada, ainda mais com a dengue, que lhe dava terríveis enjoos. A crente concordou, o marido também. Então, Suelen foi colocada num cubículo sem janela, que servia como depósito da mercearia, repleto de engradados, tranqueiras e entulhos, junto a um sofá de plástico avermelhado que ela usou como cama. A avó agradeceu quase de joelhos. A verdade é que a crente orava por Suelen, mas pouco ficava a seu lado.

Até que a febre começou a baixar. Numa manhã, Suelen avistou o marido da crente, plantado na porta do cubículo, com um sorriso que não escondia a falta de um dente. Numa das mãos, ele segurava um pratinho com três doces. O homem entrou de mansinho e se aproximou de Suelen dizendo que ela já parecia quase boa e que ele lhe trazia uns presentinhos, tinha muito gosto. Suelen comeu dois doces, mas o terceiro não conseguiu, ainda era cedo para ter apetite. O homem chegou mais perto de Suelen e, devagarinho, acariciou os seus cabelos encaracolados com uma das mãos. Suelen mantinha-se imóvel, sentada no sofá. A outra mão do homem estava abaixada, metida no bolso de suas calças largas. Ele a olhava fixamente e sempre sorrindo disse que o terceiro doce podia ficar ali, ao lado dela, para quando ela tivesse vontade. Deu-lhe um tapinha de brincadeira em sua mãozinha melada de açúcar e disse que voltaria depois. Suelen ficou com o pratinho de doce ao lado do sofá. Ela ainda tinha mais sono do que o normal; não tardou a adormecer.

De repente, acordou. Antes mesmo de abrir os olhos, desconfiou que não estava só. Ouviu um ruído, parecia que alguém sorvia um líquido, como se fosse o chiado de uma bruxa centenária. Levantou o corpo ao mesmo tempo que arregalou os olhos. Não viu ninguém. Olhou para os engradados vazios, a poeira sobre as ferragens entocadas perto da porta, e o ruído se repetiu. Ela virou para o lado e viu o que não queria ver. No pratinho com o doce, havia três baratas. Estavam trepadas sobre o doce, debatendo-se com suas míseras patinhas para agarrá-lo. Suelen quase vomitou ali mesmo, como se tivesse recaído da dengue. Pulou do sofá e fugiu para fora do cubículo. Ao relento, descalça, pensou o pior: aquelas baratas já haviam se lambuzado como queriam sobre os seus dedinhos melados de açúcar, provavelmente tinham lambido a sua boca. Ela queria berrar de nojo, mas ficou em silêncio, como se fosse obrigada a engolir um amontoado de cascalho estaladiço. Correu para a mercearia, não viu ninguém conhecido, correu para o barraco da avó. A porta da frente estava trancada. Foi para os fundos e entrou dentro do tanque de roupa. Abriu a torneira e meteu a cara e as mãos na água fria.

Quando a avó chegou à noite e a viu desgrenhada, febril e toda encolhida, não queria acreditar. "O que houve?" A menina contou sobre as baratas, como se fosse uma tragédia tão grande quanto o desmoronamento do morro. A avó ficou brava, disse que ela não podia fazer tamanha desfeita aos vizinhos, tão gentis em acolhê-la. Depois, anunciou em voz alta que ela devia ficar mais uns dois dias lá, até sarar, com ou sem baratas. Afinal, disse a avó, barata não morde, nem dengue transmite. Mas Suelen não podia imaginar nem mais um dia junto com aquelas três bruxas cascudas. Então, em meio ao pavor, percebendo que a avó estava decidida a deixar tudo como estava, voltou a falar, dessa vez com a voz mais baixa e sem verter lágrimas. Contou para a avó que o dono da mercearia lhe deu doces. Explicou que ele se sentou perto dela, lhe fez carícias nos cabelos com uma mão, enquanto a outra ficou dentro do bolso da calça. Não precisou dizer mais nada. A avó tomou Suelen nos braços e lhe suplicou em tom de ordem que ela nunca mais voltasse lá. Também insistiu para Suelen não contar a ninguém sobre o marido da crente.

Suelen ficou tão aliviada que parecia já curada da dengue e de tudo o mais. A avó não teve alternativa, a não ser deixá-la sozinha alguns dias em casa. Durante esse tempo, Suelen não conseguia evitar a lembrança das três baratas em cima do doce. Queria desviar o pensamento para alguma recordação boa, mas não a encontrava. A avó chegava à noite e não a olhava mais do mesmo jeito, parecia que via na neta as marcas daquelas asquerosas, feitas apenas de cascalho e gosma. Suelen ficava suada de tanto se esforçar para esquecer toda a sujeira, temia adormecer e se ver sugada por aquele trio lúgubre, sentia sobre a pele o nervoso ciscar de patinhas sustentadas por raquíticas pernas, faltava-lhe o ar, como se tivesse sido costurada dentro de um casulo por aquelas feiticeiras. Seu único conforto era a lembrança de um sorvete que provara na casa da patroa, durante o almoço de Natal. Uma bola de neve flutuando em uma taça de cristal.

Alguns dias mais tarde, Suelen voltou ao trabalho com a avó, mas estava mudada. Desde o episódio das baratas, ela sentiu uma vontade de curvar o próprio destino rumo à zona sul da cidade, com casas amplas, limpas, arejadas, rodeadas por seguranças uniformizados.

A avó envelhecia como as plantas, sem resistência e sem se olhar no espelho, enquanto Suelen ganhava um corpo que lhe exigia novos modos e posturas. Virar mulher era o fim do faz de conta e o começo de cálculos outrora inimagináveis, incluindo a contagem dos dias das regras, seus atrasos e excessos. Com pernas e braços fortes, Suelen passou a ser responsável pela maior parte do serviço na casa da patroa. As baratas voltavam em seus pesadelos e, por vezes, ela cruzava com alguma nas ruas. Mas, agora, Suelen não fugia. O pânico deu lugar ao ódio. Diante das desgraçadas, Suelen era tomada por uma fúria exterminadora que lhe entumecia os seios e lhe eriçava os pelos. Chegava a xingá-las em voz alta, enquanto fazia caretas e, ainda, batia os pés no chão. Quando ela avistava três baratas de uma só vez, aí sim é que perdia o juízo por completo: além de berrar e maldizer, escarrava e desembestava atrás das pobres vítimas com o intuito de esmagá-las, atribuía-lhes poderes insanos, como se se tratasse de três loucas macabras, três devassas a antecipar o fim do mundo. Desejava ardentemente incinerar todo o festim desdentado e gosmento dentro de ralos e lixeiras.

Às vezes, no meio da noite, quando acontecia de a avó roncar alto, Suelen mal percebia o quanto o seu corpo era tomado pela ira contra as pestilentas. Era-lhe quase inevitável contorcer o nariz para os lados, como se estivesse a farejá-las. Podia jurar que as baratas cheiravam a sangue coagulado em lenço de cambraia. Essa raiva desembocava numa vontade de estar entre as baratas para melhor atacá-las, trepando antes delas em restos de comida, assustando-as com o abanar do próprio rabo. Depois, ainda pensava em pular para cima daquelas que não fugissem, as parvas, para desnudá-las de todo o cascalho, deixando-as parecidas com magricelas formigas.

Os meses foram passando, com noites repletas de ódio e dias preenchidos com exaustão e tédio. Certa manhã, quando Suelen iniciava o trabalho mais pesado da casa, ouviu gritos, uma agitação inusitada na garagem, e correu para ver o que acontecia. Era a patroa. Estava caída no chão de ardósia, tendo uma convulsão. Levaram-na para o hospital e Suelen ficou inquieta. Somente no final da tarde soube que a patroa havia sofrido um AVC hemorrágico e ficaria internada; sabe-se lá se sobreviveria.

Uma semana mais tarde, o patrão chamou a avó de Suelen para uma conversa; parecia que seria um despedimento. A avó ficaria sem emprego? Não, não foi isso o que aconteceu. O patrão contou que a esposa logo voltaria para casa, estava bastante lesada devido ao AVC, não comia sozinha, nem andava, usava fraldas e mal conseguia mover o corpo. O patrão disse que gostaria de ter Suelen como cuidadora da esposa, noite e dia. Suelen dormiria no quarto com a patroa, a levaria em cadeira de rodas para passear por perto, se encarregaria de lhe dar as refeições, os banhos, vesti-la...

A avó parecia contrariada porque ficaria sozinha com toda a faxina, ou então iria dividi-la com alguma novata que o patrão contrataria, tinha medo de ser posta à prova naquela idade, de ser ultrapassada por alguém mais ágil e disposta do que ela. Ainda por cima, sem a neta, dormiria sozinha, do outro lado da cidade, sem ninguém para acudi-la caso ela se sentisse mal durante a noite. Já Suelen, ao saber da nova função, achou-se promovida. Finalmente poderia tirar o pé da faxina, fazer companhia à patroa junto ao jardim para depois entrar com ela pela

porta da frente, dormir dentro de um quarto amplo, com ar-
-condicionado, ter para si uma cama com um colchão macio
que mais parecia um navio. Suelen pulou de alegria enquanto
estava no banheiro lustrando as torneiras. Estava exultante,
poderia cuidar da sua vida independente da avó e de tudo o
que ela a fazia lembrar. E, por fim, o patrão havia dito que ela
ganharia um salário e uma roupa para usar diariamente, de
acordo com a sua nova função. Suelen ficou ainda mais entusiasmada, além do dinheiro, doravante poderia vestir um uniforme bem clarinho. Ela é a cuidadora que eu vi ontem, uma
adolescente muito contente, a limpar a baba de uma senhora
sentada numa cadeira de rodas.

Cabelos

I

Antes de ser internada, minha mãe ficou uns tempos morando comigo. Eu acreditava que meu marido e nossos filhos pudessem ajudar a cuidar dela. Não foi o que aconteceu. O marido dobrou a carga de trabalho fora de casa, o filho mais novo não tinha paciência com a avó, sentia medo e vergonha das suas reações intempestivas. Já o mais velho sensibilizava-se tanto com a presença da demente que vivia à beira do choro convulsivo. As alterações de humor de quem tem Alzheimer assustam e, como ela ainda possuía alguma força nos membros, era inevitável supor que pudesse quebrar objetos e ainda por cima se machucar. Uma sucessão de dificuldades convenceu-me da necessidade de uma ajuda especializada. Primeiro experimentei os serviços de cuidadoras, mas não funcionou. Minha mãe não as suportava e, a bem da verdade, elas não eram eficientes. Passei a procurar clínicas e casas de repouso. A maior parte desses estabelecimentos eram entulhos de velhos descabelados. O abandono dos idosos saltava aos olhos, mas a pobreza dos ambientes era talvez o mais chocante. Mesmo os mais caros deixavam a desejar em relação à qualidade dos móveis, colchões, roupas de cama e banho, alimentação, iluminação e atividades oferecidas. Poucas casas contavam com jardins e quartos espaçosos. Como se as necessidades básicas de conforto e privacidade virassem um luxo quando se é velho. Às vezes a propaganda dizia que se tratava de um "novo conceito" de casa de repouso, que incluía alegria e sociabilidade, como se se tratasse de um clube de férias. A publicidade era mesmo uma fachada, um discurso bonitinho e encharcado da obstinada positividade *self-help* que se impôs no mundo desde o século passado.

Quando criança, conheci um asilo no interior de São Paulo que, apesar da simplicidade das instalações, possuía pomar e jardim. Alguns velhos passavam o dia nas ruas e voltavam apenas para as refeições e para dormir. Outros, mais debilitados, ficavam no asilo e, na medida do possível, ajudavam no pomar, ficando uma parte do dia ao ar livre. Havia um deles que era amigo da minha avó e dizia ser do tempo de d. Pedro II. Ele era uma figura conhecida na cidadezinha do interior paulista, quase na fronteira com o estado de Mato Grosso. Todos o chamavam de "Vô". Perambulava durante o dia, com a cabeça protegida por um chapéu de palha. Retirava-o para cumprimentar conhecidos, especialmente se fossem mulheres, quando então era possível ver um chumaço de cabelos espessos e grisalhos nas laterais da cabeça centenária. Cultivava as flores do jardim do asilo e, às vezes, oferecia algum ramalhete a quem ele dizia ser a sua amiga predileta. Contava que a primeira esposa morreu de raio, a segunda de parto e as demais de febre. O Vô era conhecido por suas anedotas e pela dedicação às plantas. Lembrava um andarilho da minha infância apelidado de Zé Cafuringa, mendigo maluco para uns, vagabundo filosofante para outros. Zé Cafuringa costumava dizer que dormia com a Miss Brasil todas as noites (naquela época, creio que era a Vera Fischer), pois ele fazia questão de se deitar ao lado de uma fotografia da beldade em traje de banho. Vivia de pousos em becos e terrenos baldios. Enquanto o Vô tinha ares de monumento histórico, Zé Cafuringa figurava como deserdado desde sempre.

É provável que as crianças não vejam o asilo da mesma maneira que os adultos. Mas é possível que a vivência junto às ruas, aos pomares e aos jardins seja um jeito de cultivar uma velhice mais digna e menos terminal. Minha mãe chamava o Hospital Premier de sua casa. Ela gostava de ficar em seu jardim, com enfermeiras e cuidadoras. Levá-la ao jardim era como enganar o Alzheimer e esquecer a condição de desmunido que todos experimentam quando são internados. Ao observá-la entre as plantas, percebi que o seu semblante começava a lembrar aquele da mãe dela, os olhos verdes e calmos, assim como o hábito de levantar vagarosamente as mãos para arrumar os cabelos. A doença a havia transformado, como se ela tivesse sido sempre paciente com a vida.

Minha avó materna gostava de me receber em sua casa de janelas verdes, cuja cozinha se abria para um pomar com dezenas de árvores frutíferas e um galinheiro. Na casa ao lado, vivia uma senhora cujo marido havia sido seu padrasto e com quem ela tinha uma penca de filhos. O mais novo, conhecido pela alcunha de Pelezinho, era o meu companheiro de aventuras pelos quintais de terra. Subíamos em árvores, geralmente mangueiras, e apostávamos quem chegaria primeiro ao galho mais alto. Quando era eu quem alcançava o último galho, acontecia de não saber descer, e ele ria largo, mostrando dentes que pareciam os mais alvos do mundo junto à sua pele negra. Fazia-se de rogado, dizia que eu precisava esperá-lo comer uma manga bem grande para ficar forte e aí sim ajudar-me. Eu tratava de descer sozinha, eu e meu orgulho. Em geral, conseguia. E logo estávamos nós dois juntos a correr para os mesmos lados, a saltar para dentro de pneus velhos e armar arapucas. Um dia, subimos em uma majestosa mangueira e ele se aboletou bem abaixo dos meus pés. De cima, vislumbrei a cabeça escura de Pelezinho ao alcance das mãos: uma fabulosa jabuticaba, repleta de cabelos em forma de molinhas. Baixei uma das mãos feito um helicóptero e toquei o cume da cabeça de Pelezinho. Ele rapidamente afastou a minha mão, como quem enxota um mosquito e disse: "Sai, branquela!". Recolhi a mão com a sensação de que eu tinha lhe apalpado a bunda. Descemos mudos da árvore, cada qual para um lado.

2

O Vô, aquele asilado centenário da época imperial, foi lembrado por meu pai numa tarde chuvosa, quando eu lhe mostrava uma revista de variedades. Perguntou-me — mostrando a urgência e a seriedade que passaram a caracterizar sua fisionomia desde o AVC — se um jogador de futebol bastante tatuado, exibido na capa da revista, conhecia a história do Vô. Achei graça da pergunta, mas logo fechei o sorriso porque visualizei com todas as cores a história da tatuagem à qual ele se referia.

O Vô nunca falava de si. Numa tarde de inverno, na cozinha da casa da minha avó, ao sabor de café coado e bolinhos cobertos com açúcar e canela, ele começou a contar sobre o seu pai. Naquela tarde, descobrimos que o pai do Vô vivera como escravizado em uma fazenda de café, no Vale do Paraíba. Era um sujeito forte e diligente, morto aos trinta e poucos anos. Meu pai se surpreendeu: "Morreu do quê?".

"Matou-se", respondeu o Vô rapidamente enquanto retirava com vagar o chapéu para coçar a cabeça calejada e ajeitar os cabelos acima das orelhas. "Quer dizer, não se sabe", completou.

O Vô pousou o chapéu em seu devido lugar e retomou a narrativa.

"Ele era valente meu pai, danado. Tinha muita altura; era aquele sujeito que não se curva; sabia ser teimoso, mas era todo doce com a minha mãe. Conheceu vários tipos de açoite, tudo quanto é tronco; acho que já tinha se acostumado com os castigos, pois não dava o braço a torcer para o feitor. Ao ser esfolado pelas chibatadas, evitava gritar, gemer ou chorar. Como tantos outros, ele tinha as costas vincadas com as marcas das punições. Eu achava que ele se orgulhava das cicatrizes, dizia-me que cada uma delas tinha virado a raiz de uma planta gigantesca capaz de engolir os inimigos antes mesmo de eles partirem para o ataque. Eu não tinha mais do que seis anos e via nas costas do pai sulcos e declives, uma topografia do sofrimento, nada mais. Esforçava-me para entender a conversão das cicatrizes em raízes de uma planta canibal, capaz de destruir as injustiças do mundo. Mas não conseguia. Eu era uma criança velha, daquelas que não creem."

"E sua mãe?", perguntou meu pai.

"Já vou lhes contar: tudo mudou na nossa vida quando o pai teve um desgosto. Uma imensa tristeza que lhe fez mudar de atitude. Na verdade, foi um infortúnio imposto pelo destino: ele ficou viúvo. Subitamente, minha mãe amanheceu com febre e gemidos, ninguém soube curá-la. Depois, desandou em diarreia. Não adiantaram os chás de goiaba verde, nem os cozimentos de quina. Morreu em menos de três dias e, desde então, meu pai amargou. Sua altivez perdeu o viço. Ele deixou de se importar se alguém o visse choramingando. Nas poucas horas de folga que tinha, ficava acocorado ao meu lado a mordiscar qualquer coisa, olhar arriado. Seu pendor indomável enrijeceu e seus cabelos pararam de brilhar."

"Brilhar?"

"Sim, ele transpirava muito na cabeça quando ficava raivoso e estava prestes a tomar uma decisão violenta, daí o brilho. Ele sentiu muito a falta da minha mãe. E, para azedar ainda mais a vida do pai e também a minha, apareceu um capitão do mato na fazenda, conhecido pela alcunha de Zé dos Montes. Tinha a fama de ser um facínora, desses que gostam de exibir as dores alheias. Era baixo, tinha pernas arqueadas, como se vivesse montado. Furava mato melhor que tatu. Pernoitou umas noites na fazenda e, sem motivo aparente, cismou com o pai e comigo. O próprio feitor era mais brando do que ele."

"Esse Zé dos Montes era branco?", perguntou minha avó.

"Ele tinha sangue misturado, igual ao pai. Havia sido escravo mas fora libertado para lutar na Guerra do Paraguai. Voltou da guerra desnorteado, às vezes amuava, noutras estourava em berros e ameaças. Quando foi para a guerra, chamavam-no de preto. Queria ter ido trabalhar nas obras da capital ou então virar barbeiro e sangrador, dentista ladino, mas não conseguiu. Atirava bem e metia medo, gostava de exibir coragem, a que tinha e a que lhe faltava. Desde o primeiro dia em que botou os olhos no meu pai, não gostou do que viu. E sempre que me cruzava pela frente, ria de lado e estalava os dedos. Certa vez ele pressentiu o meu pavor de andar no mato e topar com uma urutu-cruzeiro, aquela cobra escura que diziam ser amaldiçoada porque carrega o desenho de uma cruz na cabeça. Zé dos Montes anunciou bem alto para os capangas que o rodeavam: 'Olha, aquele neguinho cagão nunca vai ser macho de verdade! Tem medo até de minhoca!'. Seu contentamento em humilhar a minha família, ou o que restava dela, era inesgotável. Tudo era pretexto para criar caso. E mesmo diante dos seus piores debochos, os cabelos do pai não brilhavam, não davam mais o sinal da antiga força. Parecia que a morte da esposa lhe havia arrefecido o caráter rixoso de antigamente. Zé dos Montes pressentia esse desânimo paterno, exatamente como uma fera que sente o cheiro de uma vítima machucada e acuada."

O Vô deu um grande gole no café e continuou:

"Mas eu ouvi falar que Zé dos Montes tinha um ponto fraco: medo de feitiço, desses que são capazes de fraquejar e azarar qualquer homem. Matutei durante quase uma noite inteira, até elaborar um plano e encontrar uma brecha. Executei o que tinha em mente num domingo, na hora do almoço. Zé dos Montes estava no terreiro, um espaço retangular rodeado pela senzala. Havia um único portão de ferro e ele estava encostado nele, em pé, fumando, junto com o feitor. Eu saí de fininho da senzala, me esgueirei pelas paredes com passos ligeiros até alcançar uma choça, conhecida por ser o depósito dos pertences dos empregados e um local no qual eu já havia visto o Zé dos Montes deixar uma sacola grande, que vinha e voltava com ele das capturas. A choça tinha uma portinhola trancada. Nos fundos, havia uma pequena janela e, com alguma força, eu consegui empurrá-la para dentro e saltar para o interior daquele lugar úmido e quente. Depois de alguns instantes de olhar aflito, reconheci a sacola do Zé dos Montes. Tirei a cordinha que levava comigo dentro das calças e, com ela, amarrei um pedaço de carvão na alça da sacola. Era um carvão retinto, brilhante, medindo quase meio palmo. O carvão era um conhecido sinal de feitiço. Saí de lá em disparada, sem olhar para trás. No dia seguinte, o capitão do mato não mostrou nenhum sinal de medo, e seria espantoso se o fizesse. Logo depois do almoço, eu contei o feito para o pai. Estávamos numa biquinha próxima ao cafezal, aproveitando a aragem que balançava os bambuzais. Descrevi sem grandes detalhes a aventura e ele ficou, digamos, de queixo caído. Logo perguntou: 'Ninguém te viu?'. 'Não', respondi prontamente. 'Não faças mais, é perigoso', recomendou ele quase sorrindo, enquanto acariciava a minha cabeça. Ficamos os dois sob os bambuzais a imaginar com inigualável gosto o quanto o capitão do mato, o temível Zé dos Montes, tinha tremido de medo ao encontrar o carvão, o quanto uma criança teria estragado o sossego de um ex-combatente de guerra. Mas a desgraça maior na vida do capitão veio quando preferiram outro, e não ele, para capturar uns escravos capoeiras amoitados na fronteira com Minas. A recompensa era altíssima e lhe passaram a perna na seleção dos que integrariam o bando. O que aconteceu a seguir mostra o modo como algumas pessoas vão à desforra de suas próprias desgraças contra quem tem uma posição de pouco valor. O capitão estava sem serviço e o dono da fazenda consentiu em abrigá-lo. Ele fez intrigas sobre o pai, colocando-o numa situação difícil junto ao feitor, que era um jovem alforriado, com grande apreço pelo senhor, dono da fazenda, e que conhecia o capitão desde criança. Acreditou nele e, desde então, não ligava para o que fosse feito de errado com o meu pai. Até que, numa noite sem lua, meu pai fugiu. Nunca soube ao certo se foi por causa do capitão do mato. Naquela época, eu tinha certeza que sim; hoje, tenho outras ideias. É que a humilhação que lhe era infligida não parecia atingi-lo profundamente; seus cabelos não brilhavam, o que indicava também que ele não ficava raivoso. Talvez ele tenha fugido por outros motivos, coisas do pai ligado à mãe morta. Disseram que ele fugiu no começo da noite e, bem antes do sol nascer, já havia corrido a notícia."

"O Vô ficou sozinho no cativeiro sendo ainda uma criança?", perguntou meu pai.

"Ah, isso de ser criança não contava para quem era pobre, fosse forro ou escravo. No começo, eu fiquei à espera de que meu pai retornasse para me levar com ele. Naquele tempo, havia fugas pequenas, que duravam semanas; o fugitivo podia retornar e negociar condições melhores de vida. Eu achava que era o que meu pai faria, um dos raros sonhos que me permiti acalentar. Entretanto, sem pai e sem mãe, eu fui desalojado. Na senzala, que nada mais era do que um grande barracão, gente casada podia ter um cubículo particular, de modo que as famílias usufruíam desse ínfimo benefício, o que lhes dava um enorme alívio. Por isso, era bom ser casado e ter filhos porque a família podia dormir separada dos demais, ter alguma privacidade. Mas não pensem que era confortável, longe disso, eram cubículos sem janela e que não mediam mais do que vinte palmos. Eu sonhava com o retorno do meu pai, queria aprender a tocar rabeca junto dele e voltar ao nosso aposento. Mas também temia vê-lo novamente e assistir ao seu castigo, com duzentas, quatrocentas chibatadas, ou, quem sabe, ele seria posto a ferro, mutilado. Mais tarde vim a saber que anunciaram a fuga do pai no jornal local."

Nesse momento da narrativa, o Vô engrossou a voz e mudou a entonação.

"O anúncio publicado dizia mais ou menos o seguinte:

"Fugiu no dia 2 de julho de 1877 um escravo de nome Benedito, idade 25 anos mais ou menos, cabelos crespos, mulato, cara comprida, barba regular, alto, pés grandes, tem uma machucadura no joelho esquerdo de uma queda recente, espigado de corpo, bons dentes. Esse escravo pertence a João Manoel de Oliveira. Gratifica-se muito bem quem o prender e levar a seu senhor em sua fazenda."

O Vô fez uma pausa para dar outro gole no café e continuou:

"O pai acabou por ser capturado depois de quase meio ano, quando um suposto amigo o traiu em troca da recompensa. No mesmo dia da delação, prepararam uma emboscada que aconteceu durante a noite, quando então o pai foi capturado a laço, amordaçado e amarrado. Mas não foi o Zé dos Montes quem o encontrou, pois ele estava na vila fazendo negócio com um famoso comerciante de cavalos. O feitor se encarregou pessoalmente do assunto, foi ele quem ouviu a delação e, sem perder tempo, contratou uma milícia experiente em achar foragidos, incluindo o sujeito que delatou o pai. No dia seguinte, a notícia chegou ao Zé dos Montes, que retornou à fazenda com cavalo novo. O que espantou a todos foi o modo como ele lidou com o pai. O encontro de ambos aconteceu no centro do terreiro, com sol a pino. O pai foi trazido arrastado, meio desmaiado, porque já havia sido surrado; estava sujo e com trapos que cobriam algumas partes do corpo. Quando o capitão se viu cara a cara com ele, desceu os olhos em direção ao peito despido do pai e foi tomado por um ódio maior do que ele."

Nesse momento da narrativa, o Vô retirou novamente o chapéu, alisou o cume da cabeça com a palma da mão grossa e, depois de assentar o chapéu de volta, continuou:

"O capitão não queria crer no que via naquele peito negro e todo liso. Bem no centro, havia um grande desenho, uma tatuagem que meu pai adquiriu, não sei como, durante a vida de foragido. Coisa de encanto: o rosto da Virgem, de olhos abertos, maternais, a cabeça ligeiramente inclinada para um lado, coberta por um véu. Parecia um quadro. O capitão manteve os olhos fixos naquela imagem e não disse nada, mas todos os que estavam ali suspeitaram que o que vinha pela frente não era nada bom. Após alguns segundos de silêncio, o capitão deu três passos para trás como se precisasse de distância para meter um tiro bem no meio do peito da vítima, partindo a Virgem e o coração do pai ao meio. Somente algum tempo mais tarde é que vim a saber sobre a fé do Zé dos Montes. Uma fé recente, quase comprada. Virar cristão foi uma solução que ele arranjou para si, meses antes da fuga do pai. Chegou inclusive a se batizar. Desde que conhecera o padre Bento, especialista em benzer fazendas para livrá-las de animais peçonhentos, o capitão se virou para as orações. Passou a carregar junto ao peito um crucifixo e um coração de lata, cujo interior guardava um bilhetinho com a reza de São Marcos, típica dos caçadores e daqueles que pedem ao divino uma proteção para o cruzamento dos caminhos no meio do mato. Padre Bento era um hábil catequizador. Conquistou o capitão, sabe-se lá como, de modo que o valentão não conseguia ficar indiferente diante da imagem da Virgem. Ele ainda não sentia uma fé de remover montanhas, mas experimentava um alento que não vinha do estômago nem do sexo e que lhe era desconhecido."

"E depois, o que aconteceu?"

"Nada, meu pai foi levado de volta ao cativeiro. O capitão retornou aos seus serviços habituais e eu fiquei intrigado com a imagem da santa naquele peito maometano por origem e tradição. A tal da Maria não tinha nada a fazer ali. Naqueles dias, eu queria entender o verdadeiro motivo que levou o pai a fugir. Mas ele nada dizia. Não tinha prosa; dava pouca trela a quem quer que fosse. Eu imaginava que o pai havia atravessado rios e matas em fuga, mudando periodicamente de nome, vivendo de ganhos e furtos, convivendo com quilombolas ou então tentando embarcar em algum navio mercante para regressar à terra do pai dele. Talvez ele tivesse se juntado com outros foragidos com o intuito de adquirir uma cabana, uma roça, um comércio de secos e molhados. Na senzala, corria o boato de que o pai tinha assassinado um branco, dono de um bar, e raptado sua mulher, levando-a com ele mato adentro. Alguns diziam que ele havia se desentendido com um padre, que o prendeu e o obrigou a tatuar no peito o rosto da Virgem. De qualquer maneira, uma coisa parecia certa: o capitão do mato conversou com o padre Bento sobre a tatuagem no peito do pai. Tanto assim que, no domingo seguinte, quando o sol já estava se pondo, o pai foi chamado para um encontro com o padre. Alguns escravos foram levados para assistir ao que ninguém sabia se seria um castigo ou uma bênção. No mesmo local do encontro anterior, o pai, com feridas ainda frescas dos golpes recebidos, foi colocado de joelhos e com as mãos amarradas diante do padre Bento, do feitor e do capitão, um trio de fazer tremer céus e infernos. O padre se aproximou para ver melhor a imagem da santa tatuada. Enquanto isso, o público, apreensivo, desconfiou que haveria ali uma espécie de ordálio. Talvez o padre pedisse àquele pobre homem para rezar em voz alta, demonstrando a fé em Cristo. Havia quem acreditasse que o poderoso padre era vidente e capacitado por Deus para revelar toda a verdade dos mentirosos. O padre estendeu a mão sobre a cabeça do meu pai e quase tocou a ponta dos seus cabelos, que se mantinham opacos. Ficou imóvel por instantes e depois, vagarosamente, recolheu a mão, afastando-se com três passos para trás, sem tirar os olhos do peito tatuado. O padre ficou lado a lado com os outros dois que assistiam à cena. Foi então que, sem abrir a boca, o capitão e o feitor encararam o padre, que lhes dirigiu um sinal de consentimento com a cabeça. O pai se deu conta de que aquilo era uma estranha cerimônia para decretar a sua morte."

"E o que fez o capitão?"

"Nada. O pai, ainda muito machucado, foi levado de volta ao trabalho e o capitão foi com o padre e o feitor para a vila. A essas alturas, eu, como qualquer menino, já acreditava que aquela tatuagem era mesmo poderosa. No lugar do ciúme, senti medo. Imaginei que o capitão era mais temente à Virgem do que ao carvão enfeitiçado. Entretanto, corria solto um rumor terrível: o capitão planejava roubar a imagem da Virgem, despelando o pai. Retiraria a pele tatuada do revoltoso com uma navalha afiada e depois a levaria pingando sangue para secar ao sol, para curti-la feito carne-seca. A pele ficaria pendurada no varal até adquirir a aparência de uma tela própria para ser colada à parede da igreja, como ilustração e exemplo. Passei a sofrer com tremedeiras involuntárias que só me faziam concluir que aquele detestável capitão tinha razão: eu era mesmo um cagão."

"E seu pai, não teve medo?", perguntou a minha avó enquanto nos servia uma segunda dose de bolinhos e café. O Vô respondeu que não sabia, mas que ele preferia mil vezes ser castigado do que ter um pai despelado. "Eu até tolerava bem as cicatrizes no corpo paterno, me davam algum orgulho, afinal, para um macho de verdade, pele sem cicatriz é sempre suspeita. Mas um pai despelado não era um pai, nem gente podia ser."

Um gole no café fresco e nos lembramos de nossas cicatrizes. O meu pai lembrou da sua marca no joelho, nenhuma origem heroica a explicava, apenas um corre-corre medroso para escapar de um cão. Minha avó tinha uma cicatriz de uma cirurgia malfeita da tireoide, que lhe atravessava o pescoço e lhe dava o ar de alguém que sobreviveu à degola. Se tinha outras cicatrizes pelo corpo, não sabíamos, pois ela usava vestidos que cobriam os joelhos. Eu tinha pequenas cicatrizes de tombos banais, que não resultavam de nenhuma história contundente, tal como a que estávamos ouvindo.

Começava a escurecer lá fora e o Vô continuou a contar:

"Houve mais um encontro, dessa vez do meu pai com o senhor, dono da fazenda. A boataria dizia que o senhor era um fidalgo, muito distinto, com índole mais humana que a do capitão. Era barão, corpulento, moreno claro, católico e também tinha em alta conta o padre Bento. No dia do encontro, ele saiu com passos calmos da casa de vivenda senhorial, usava botas altas e lustrosas, calças claras e chapéu de aba larga. Ele se juntou ao capitão e ao feitor, bem no centro do terreiro. Meu pai foi colocado diante deles com as mãos amarradas, sem camisa. O senhor João se aproximou, olhou a Virgem tatuada e silenciosamente deu alguns passos para trás. Virou-se para o capitão e o feitor e lhes disse alguma coisa baixinho. A seguir, o senhor João olhou para todos os que estavam presentes como se fosse dirigir a palavra a cada um. Ficamos sem saber o que pensar."

"E o que aconteceu?"

"Naquele momento, nada. Vivíamos numa época em que um escravo valia mais do que cem anos antes. Nas vastas plantações de café, eram mulas de carga trabalhando de sol a sol. Os senhores temiam uma sublevação dos escravos, que ficaram mais caros com o fim do tráfico. E tentavam a todo custo evitar fugas, dando armas e outros tipos de apoio aos capitães do mato. Mas, desde aquele dia, boatos terríveis cresceram dentro da senzala. Havia quem acreditasse que todos seriam castigados por causa do pai e daquela maldita imagem. Passaram-se dois dias cheios de apreensão, e o pai continuava calado, amuado.

"No domingo de manhã, subitamente, ele foi chamado de novo, ele e eu. Fomos levados com as mãos amarradas por dois empregados até o curral da fazenda. Embora fosse uma fazenda de café, havia um pequeno curral e algum gado. O cheiro das vacas chegou ao meu nariz antes mesmo de entrarmos no recinto. Quando lá colocamos os pés, vimos que o Zé dos Montes estava junto com o feitor à nossa espera. Esse encontro não teve público. Eu tremia de medo e meu pai nada dizia, permanecia plácido, nem transpirava. O Zé dos Montes olhou para o pai, levantou uma mão e dobrou o dedo indicador naquele sinal característico de chamar alguém. Eu fiquei bem em frente ao feitor, de cara com o seu cinturão armado. O pai aproximou-se do Zé dos Montes e, com ele, deu alguns passos para a frente. Eu ousei levantar ligeiramente os olhos para ver o pai. Nós quatro estávamos calados — eu e o pai porque o silêncio nos era imposto, o Zé dos Montes e o feitor porque provavelmente já sabiam o que iam fazer. Eu ouvia apenas um mugido ou outro das vacas em meio à atmosfera abafada do curral. Depois, Zé dos Montes tocou com o seu dedo indicador o rosto da Virgem tatuada no peito do pai, que, a essas alturas, estava de joelhos, cabeça baixa. Em seguida, vi com o rabo do olho o Zé dos Montes sussurrar-lhe uma frase. Eu queria esticar as orelhas, aumentar o buraco dos ouvidos, mas não teve jeito, impossível ouvir o que o capitão havia dito ao pai. Era uma sentença, eu sabia, mas qual? Fiquei ainda mais amedrontado ao perceber que os cabelos do meu pai brilharam logo após aquela frase lhe ter sido cochichada. Eu tremi de medo só de imaginar que eles me obrigariam a ver o pai esfolado e mutilado vivo, ou então seria eu o escolhido para o sacrifício diante dele, o que explicava o fato de eu ter sido chamado. Lembro que mijei nas calças de pavor, não sei se o feitor notou."

"E o que aconteceu?"

"Para o meu momentâneo alívio, nada mais aconteceu no curral. Fomos levados de volta, enquanto o pai mantinha um brilho muito forte nos cabelos. Assim que nos deixaram na senzala, eu perguntei o que o Zé dos Montes lhe havia dito. Ele me disse: 'O que passou, passou'. Com essa frase, eu senti outro alívio momentâneo, mas demorei para adormecer naquela noite. Depois, lembro-me apenas de gritos; acordei com um tumulto na senzala e com as mãos de uma senhora que me abraçou. Logo entendi a tragédia. Ninguém pôde acudir porque, quando viram o fogo, já era tarde. O pai se matou ou então foi morto, nunca ninguém soube. O certo é que morreu incendiado."

"Mas o que o capitão do mato disse ao seu pai lá no curral?"

"Ficaram apenas ideias. A única pista que encontrei foi uma frase dita pelo feitor, numa conversa com o capitão, perto da senzala, dias mais tarde. Estavam os dois juntos, fumando, e eu só consegui ouvir o feitor dizer: 'Peito de escravo não é para ser guardado pela mãe de Deus, não há Santa Virgem de cara preta'."

"E o senhor soube por que o seu pai fugiu e tatuou a Virgem?", perguntei. O Vô respondeu que quando era criança tentou descobrir, mas, com o tempo, acabou desistindo. Passou a crer que o pai tivera seis meses de liberdade, no mato, tomando banho de rio, descobrindo o que era decidir por si mesmo a melhor maneira de viver. Primeiro imaginou que o pai havia tatuado a Virgem para espantar mau-olhado, depois pensou que a escolha do pai se devia à semelhança do olhar doce e melancólico da santa com o da esposa morta. O Vô menino construiu para si uma imagem de pai e mãe que lhe dava orgulho e consolo, levando-o a pensar que, ele próprio, saído de um pai tão magnânimo e de uma mãe tão amada, não escaparia de ter virtudes, não poderia ser reduzido à covardia que o capitão do mato lhe atribuía.

Já havia escurecido quando o Vô manifestou vontade de se retirar, pois não queria perder a sopa do jantar no asilo. Levantou-se, passou a mão arcaica sobre as faces plissadas, como se estivesse arrancando um rosto e colocando outro no lugar. A seguir, pigarreou, sorriu, deu um gole bem redondo no café e falou: "A verdade é necessária como pão e água, mas o que seria da vida sem bolinho e café?!".

Desde então, sempre que o Vô aparecia para tomar o habitual café, a história do seu pai escravizado surgia para nós como uma tatuagem, inscrita no rosto do filho.

3

Com o avançar dos anos, meu pai desatou a falar sobre as qualidades que a minha mãe possuía. Ela própria parecia não acreditar no que ele dizia. Mas ele queria que ela as tivesse; como se, falando publicamente no quanto a sua esposa era virtuosa, ela pudesse de fato sê-lo. O Alzheimer era um inimigo implacável, apagando com invejável destreza a identidade da esposa. A antiga cascata de opiniões em sua cabeça secava cada vez mais rápido, empurrando o restante de memória para o raso. Ela conseguia represar umas gotas de lembrança que, por serem poucas, viravam obsessões repetidas e sem razão. Contudo, a suposição de que a idade só faz acentuar defeitos e a certeza de que minha mãe era imprevisível acabaram encobrindo o fato de ela estar se tornando mais e mais doente. Eu achava que meu pai havia se enredado nessa dúvida e se deixado degradar aos poucos.

Desde a internação, a mãe foi tomada por uma doçura inusitada para comigo. Estava macia como os seus cabelos. Ao visitá-la no hospital, eu não sentia nenhuma aflição, nem ficava ansiosa. Ela não me pedia nada, não opinava, apenas mostrava um suave contentamento em estar comigo. Já ele parecia aguardar uma narrativa vinda de um de seus livros ou da minha memória. Achei por bem ler em voz alta histórias curtas, pois acreditava que a leitura dos longos romances não mantinha a sua atenção. Justamente quando eu lia um conto sobre as peripécias de um ladrão — que existiu numa época em que os policiais costumavam usar um apito nas perseguições a suspeitos —, meu pai perguntou: "E o Bandido da Luz Vermelha?".

Célebre criminoso morto em 1998, o Bandido da Luz Vermelha alcançou fama nacional e virou filme. Nos anos 1960, ele agia sozinho e, armado, assaltava preferencialmente casas de famílias ricas usando uma lanterna vermelha em seus roubos. Deu origem a uma série de enganos, sósias e versões apócrifas. Vários ladrões foram confundidos com ele, até o dia em que o prenderam e descobriram a sua identidade. Não me ficou na memória o seu verdadeiro nome. Contam que ele dava autógrafos depois de libertado e que, em vez do nome ou do codinome, assinava "autógrafo".

Minha rotina de ir ao hospital ganhou naturalidade, embora não fosse fácil chegar nem partir. Numa segunda-feira, quando os termômetros fincados no meio de uma avenida marcavam trinta e três graus, o trânsito lento anunciava que eu demoraria mais de uma hora para chegar ao destino. Com o ar-condicionado do carro funcionando mal, abri o vidro. Em cima de um viaduto, o congestionamento aumentou e os vendedores ambulantes não tardaram a circular a pé, entre os veículos. Um deles usava uma bermuda e tinha uma perna mecânica. Enquanto andava, anunciava: "Água de coco do robô é a melhor". Virei para o lado esquerdo e avistei uma senhora maltrapilha, a andar pela calçada estreita, com cabelos grisalhos, esparramados sobre os ombros, cantando uma antiga música do Roberto

Carlos intitulada "Sentado à beira do caminho". Ela quase gritava repetidas vezes, com voz esganiçada, desafinando no trecho: "Preciso lembrar que eu existo, que eu existo, que eu existo". Já do outro lado, flagrei de relance o que me pareceu um roubo à mão armada. Um motoqueiro com capacete avançou sobre a calçada e arrancou o celular das mãos de uma jovem que rodopiou e caiu. Tive a impressão de ter visto um revólver na mão do motoqueiro. Ele fugiu metendo a moto em cima da calçada, em zigue-zague. Não sei se a moça se machucou; ela gritou, mas, mal o semáforo abriu, as buzinas dos automóveis se manifestaram histericamente e, como de hábito, todos avançaram o mais rápido que podiam.

O trânsito melhorou ao alcançar a via expressa às margens de um rio que atravessa uma parte da cidade e, em várias ocasiões, exala um odor nauseabundo, atingindo tanto os moradores milionários quanto os pobres das imediações. Eu pensava na cantora desabrigada, no vendedor com perna mecânica, na jovem assaltada e no ladrão cuja moto parecia uma bicicleta. A barulheira do tráfego e o mau cheiro do rio enjoavam-me. A mentalidade atrasada e predatória é difícil de ser superada. Mataram os rios e aqueles que ainda hoje subsistem à céu aberto parecem pacientes acamados em um hospital mambembe.

Moro no alto de um edifício em meio a um jardim, de onde posso contemplar o desfiladeiro de montanhas ao longe. Tudo feito para que eu finja que nada tenho a ver com a podridão que corre nas ruas e escorre dia e noite para a escuridão dos canos com as águas de São Paulo. Mas estou tão comprometida com esse desprezo pelos vivos como qualquer outro morador da referida cidade que de santidade só tem o nome.

Pele

I

Numa tarde de inverno, meu pai perguntou: "E a pequena Beatriz?".

Amiga de infância, levada da breca, nariz arrebitado, pinta brava. Certa vez ela roubou, não sei de onde, um vidro cheio de um líquido amarelado no qual estava mergulhado um ser. Parecia um filhote de tartaruga sem casco, um girino, mas era um feto humano. Na escola ela virou uma minicelebridade, abraçada ao vidro.

"É um feto?", perguntou Célia, a mais velha da turma.

Beatriz respondeu empinando o rosto: "Será um bebê, ainda não é".

"Acontece que fora da barriga da mãe está morto."

"Eu vou fazê-lo viver, quer dizer, nascer", disse Beatriz, enquanto apertava o vidro contra a barriga magricela, estufada propositalmente e que deixava ver o elástico da calcinha amarela. Nem todas ali sabiam exatamente o que era um feto, nem como funcionava a gestação. Eu própria era bem ignorante na matéria. Aquele feto era como um bolinho de pele, um bicho de massinha dobrado sobre si, muito distante de um bebê. Olhamos durante um bom tempo o feto mergulhado em seu sono eterno. Subitamente, Beatriz falou: "Vou levá-lo para casa, ele vai nascer".

"Feto já pensa?", perguntou Luísa, a amiga mais nova.

Ninguém lhe deu ouvidos.

Ao chegar em casa, Beatriz escondeu o vidro embaixo da cama. No meio da noite, iluminou-o com um abajur e viu que o feto tinha dois pontinhos pretos — pareciam olhos, um de cada lado, sempre despertos. Assustou-se. Logo de manhã, ela decidiu cumprir o que havia dito: tirou o feto do vidro com o intuito de colá-lo à barriga. Não conseguiu saber o sexo do feto. Portanto, não lhe atribuiu nome.

Naquele tempo, era raro uma família possuir telefone. De modo que, depois da escola, não tínhamos como falar com Beatriz, que morava longe e levara consigo o feto. No dia seguinte, queríamos saber se ela havia aberto o vidro, se o feto conseguira nascer por suas mãos. Mas ela chegou de mãos abanando. "E o feto?", perguntamos em uníssono. "Sumiu. Eu abri o vidro, fedia a remédio estragado. Joguei aquela porcaria fora, mas peguei o feto. Acontece que ele era friorento, dava nojo. Foi quando apareceu a Lameca, a cachorrinha da minha irmã. Ela saltou pra cima de mim, abocanhou o feto e saiu correndo."

"Comeu o feto?", perguntei assustada.

"Não sei, não quero saber e tenho raiva de quem sabe."

"O feto então morreu", sussurrou Luísa. Mas Célia, que sempre nos corrigia, falou: "O feto já estava morto. E mesmo que estivesse vivo, feto é feto. É só pele".

"Pele e olhinhos, tinha dois olhinhos, parecia um peixinho deformado", disse Beatriz.

"O feto era parecido com a minha avó Lurdinha, que foi ficando pequenininha, encolhidinha, sozinha, até morrer", disse Luísa.

"Qual a diferença entre feto e embrião?", perguntou Débora, uma gordinha com faces coradas, adepta de uma franja castanha colada à testa. Chupava um pirulito e o roçava de um lado para outro nos lábios, como se estivesse a passar batom.

"É tudo a mesma coisa, mas acho que embrião é um feto maior", respondeu Pandora dando de ombros.

Débora e Luísa começaram a soltar um risinho afiado, e, em meio a sussurros, Luísa, que tinha três irmãos, contou que as minhocas dos rapazes podem crescer e ficar com o dobro do tamanho, parecendo tubos de pele levantados. Disse que enfiam o tal tubo nas mulheres e é desse modo que elas engravidam. Beatriz arregalou os olhos e lembrou que o irmão dela já tinha um tubinho, mas que era um pouco torto. Rimos folgadamente e deitamos no chão de barriga para cima, com os braços abertos. Olhando as nuvens, eu perguntei à Beatriz se o feto tinha tubo.

"Não deu pra ver, ele era barrigudo, não sei bem se era uma barriga, e ainda por cima era corcunda. Um girino corcunda. Ainda bem que não nasceu."

Sandra, uma das minhas amigas preferidas, começou a contar um caso enquanto olhava o passeio das nuvens: "Eu conheci uma menina que disse preferir nunca ter nascido. Ela era minha vizinha, loura, igual os pintinhos que compramos na feira e depois morrem de frio durante a noite. Tinha um calombo nas costas, era corcunda, defeituosa mesmo. A mãe dela tentava disfarçar o problema metendo-lhe em roupas largas, mas não adiantava... todos sabiam que ela tinha um bolo de pele nas costas que de nada lhe servia. Ela era motivo de riso, mas quando os gatos pegavam berne, ou alguma criança tinha bicho-do-pé, era ela a especialista em tirá-los com uma pinça. Ninguém conseguia fazer o serviço tão bem e rápido; mesmo o meu pai, com pinta de valente, tinha nojo e preferia recorrer à corcunda".

Beatriz ergueu a cabeça para o nosso lado e propôs uma brincadeira que já havíamos feito antes: chupar um limão inteiro sem fazer careta. O entusiasmo apareceu rápido. Fomos para a casa da Célia, com aquela facilidade típica das crianças em erguer o corpo e correr. Célia morava perto da escola, numa casa rodeada por um grande pomar, repleto de laranjeiras e limoeiros. A competição começou animada; era difícil ganhar porque os limões galegos eram azedos e suculentos. Beatriz ficou em primeiro lugar, Sandra em segundo. Eu e as outras fomos desclassificadas. Como o sol era forte, tivemos queimaduras nos dedos molhados de limão.

Enquanto eu me lembrava dessa peripécia da infância, notei que meu pai estava com a pele muito fina. Dia após dia, ele era reduzido à condição de um ovo deitado, encerrado em babas e gosmas. Enquanto isso, a doença da minha mãe a tornava mais plasmada em certas posições do que em outras; algumas manchas surgiram nas pernas e demandaram compressas. Azedumes.

2

Viver parecia-me natural. A partir dos onze anos, foi deixando de ser. Descobri o que era se revoltar, mas não havia encontrado razão para tanto. Um primo, sete anos mais velho do que eu, contribuiu para a referida descoberta. Ele tinha o rosto marcado por espinhas que o atormentaram durante anos, dando-lhe o aspecto de quem sabia o que era uma guerra. Antes de entrar na faculdade, ele passou uns meses em casa e ficamos amigos. Contava-me sobre Jimi Hendrix e Janis Joplin, explanava com meios-sorrisos as cores de um mundo que ele gostaria de viver e que eu começava a descobrir. À noite, depois do jantar, ficávamos no quintal conversando. Ele acendia um Hollywood sem filtro e se punha a falar de rock, poesia, maconha e Guerra do Vietnã. Tinha a fama de ser tímido e molenga, o contrário do seu irmão, visto como despachado, veloz e descontraído. O irmão nunca havia tido uma espinha. Nada o atravancava. Ninguém o segurava. Sua mãe, igualmente despachada, considerava-o o filho ideal. Já o outro, com a pele facial marcada, lhe era de fato um outro, não se parecia com quem ela queria ter sido. O primeiro passava feito foguete na casa da família, sempre com pressa, ligeiro com os parentes, fácil com as mulheres. O segundo, pensavam, era lento em tudo e difícil com a única mulher que possuiu. Talvez seja errôneo cogitar a posse, pois ele não tinha a firmeza exigida às mãos que comumente agarram e tomam os corpos. Alguns teimavam em debochar da sua pele repleta de buraquinhos, como se o rosto do primo expusesse um déficit de armamento. Outros prefeririam falar mal do seu "sorrisinho". Diziam que a sua contenção era suspeita. E ele enrubescia de raiva e vergonha, pensando que lhe restava apenas sorrir abertamente com os olhos. Era o que ele fazia enquanto conversava comigo, mas também com a minha mãe, sua tia preferida. Ambos tinham um jeito de estar juntos, com uma linguagem que eu não entendia. Meu primo acabou por falecer antes de minha mãe adoecer. Quando eu o vi morto, mal o reconheci, seu rosto exibia uma espessa barba grisalha que lhe tapava por completo a pele esburacada. A barba escondia os polêmicos limites do seu sorriso.

Desde que a minha mãe foi acometida pela demência, eu temia que ela risse apenas com a boca. Pensava que o riso dos loucos não acontecia junto com o corpo, destoava dos olhos que parecem ver um abismo logo à frente. O riso apenas bucal se instalava cada dia mais forte na figura materna. Meu pai acreditava que o riso da esposa ainda tinha causa e razão. E eu também. Afinal, ela mantinha um brilho nos olhos. O riso unicamente bucal lembrava-me dos palhaços e também de Astolfo, o doido do bairro.

Sempre achei os palhaços horripilantes e todos os circos, detestáveis. Um namorado que tive na juventude ofereceu-me como presente de Natal um palhaço de pano cuja barriga era um porta-lenços. Dei o palhaço para uma vizinha, que, com muita frieza, decapitou o boneco e aproveitou o corpo para guardar broches e colares, pois tinha um zíper muito bom e a cara do palhaço era muito feia, disse ela, sábia. Chamava-se Vitória. Ela me ensinou tricô. Vivia com a única filha, que levava a fama de ser uma "maria-homem". Era uma jovem com braços fortes que dormia em uma cama de casal com outra mulher. Aos meus olhos, a filha da dona Vitória lembrava uma freira. Cabelos curtos, sempre metida em uma saia escura que lhe tapava as pernas, uma camisa branca folgada, sapatos pretos, baixos, da marca Vulcabras. Não me recordo de ter visto a sua companheira.

Certa vez, dona Vitória contou que a filha fora concebida em cima de um jegue, quando um estrangeiro a penetrou em trânsito. Era como se ele a rasgasse por dentro, disse, "pela boca de baixo". A de cima, ele nem notou. Dona Vitória explicou pausadamente que a filha era o que era porque não havia fincado o pé para ser macho ou fêmea. Foi feita com o jegue andando, entre dois caminhos, e assim viveria. Dona Vitória via essa espécie de flutuação como uma delicadeza característica da filha, que ela própria não vivera. Falava baixinho, como se estivesse a rezar. Sua boca era miúda, sendo esquisito vê-la falar de brutamontes. Dobrava-se sem alarde às mazelas do destino e convivia com uma larga ferida na canela, tapada por um pano branco. Em tardes de domingo, ela e a filha costumavam ficar um bom tempo sentadas, uma ao lado da outra, contemplando o próprio pomar. Foi nele que eu provei as melhores carambolas da minha vida. Eram suculentas, doces e ácidas, uma fruta cuja pele mal se nota.

Sexo

I

Certa vez soube de uma enfermeira que quebrou o protocolo durante o banho de uma paciente com cerca de 75 anos, internada em um grande hospital. A paciente sofria com problemas cardíacos, além de diabetes e começo de Alzheimer. Mantinha-se relativamente lúcida. Chamava-se Arminda. Era baixa, forte, agitada, a cabeça coberta com grossos cabelos grisalhos. Perdera o marido havia cerca de três anos. Eles tinham um restaurante a quilo, popular e com boa clientela. Ela contava com o serviço de poucos empregados, de modo que acabava por realizar grande parte do trabalho, cozinhando, cuidando das compras e da limpeza. Gostava do que fazia. Arminda era bem-disposta e ainda tinha força nas pernas.

Os filhos a internaram, diziam não ter condições, ela dava muito trabalho. Meses antes, o restaurante foi vendido e Arminda, despejada de sua casa. Os filhos trataram de alternar entre eles a hospedagem da mãe, cada vez mais desnorteada e mal-humorada. Quando ela começou a ter palpitações e falta de ar, resolveram interná-la. No estabelecimento, os filhos avisaram que a mãe tinha personalidade forte, estava acostumada a ter "tudo do jeito dela"; podia ficar agressiva, recusar as medicações. Em suma, disseram que Arminda era uma pessoa difícil. A funcionária que preenchia o formulário da internação respondeu sorrindo: "É o que todos dizem sobre os seus pais e avós".

Logo depois que Arminda foi tratada com medicamentos, ela achou que podia voltar para o lar de um dos filhos. Mas não demorou a perceber que estava condenada a ficar naquele quarto de asilo, sem data de retorno. Ela não conseguia tomar banho sozinha, de forma que, já na primeira semana, as enfermeiras entraram em seu quarto e, antes mesmo de abrirem a cortina, pronunciaram um sonoro bom-dia seguido do anúncio: "Agora vamos ao banho e depois tomar cafezinho". Arminda ainda estava ensonada, não havia se recomposto do efeito dos medicamentos. Conseguiu dizer "não" em voz alta enquanto ajeitava o corpo para continuar a dormir. Percebendo que as enfermeiras já a descobriam, ela se apressou em dizer que só tomava banho à tardinha, antes da janta. Mas o banho tinha outro horário naquele lugar. Arminda fechou a cara e cruzou os braços.

Tentaram levá-la por bem, mas foi em vão. Ela não estava disposta a cooperar. Não havia como fazê-la descruzar os braços e mover as pernas para fora do leito. Ela empurrava as enfermeiras com os cotovelos, distribuía pontapés em quem se aproximasse. As jovens se entreolharam e, depois de um suado corpo a corpo com Arminda, concordaram em levá-la à força. Ergueram pelos quatro cantos o lençol sobre o qual ela estava deitada, contaram um, dois, três e então puxaram-na para fora do leito, erguendo-a para que ela se encaixasse em uma cadeira de rodas. Em poucos segundos, Arminda, com cabelos desgrenhados, se viu sentada numa cadeira dura com os pés fora do apoio. Ajeitaram o seu corpo sem pedir-lhe consentimento, não lhe puseram os óculos de grau e a levaram ao banheiro com piso branco, uma pia pequena, um vaso sanitário e um local razoavelmente largo para o chuveiro. Arminda se recusava a se levantar e tentava impedir que lhe tirassem a roupa hospitalar.

Não demorou muito para Arminda dizer que as enfermeiras não tinham o que fazer, que ela não precisava ser tratada daquela maneira, onde já se viu. Resistia a ser molhada e esfregada com mãos que não fossem as dela. As enfermeiras tentaram por bem, explicando-lhe que era preciso, por causa dos germes, do calor, da necessidade de ficar cheirosinha, limpinha e bonitinha. Arminda não queria ficar pelada na frente daquelas meninas que nunca a haviam visto e que iriam sentir nojo de suas pelancas, de seu sexo desaparecido em meio a ralos pelos brancos que ainda teimavam em nascer no púbis mole. Não, ela vivia em conformidade com aquele corpo de velha, era como se a decadência física fosse um luto natural cobrindo a pele. Um luto não declarado publicamente, nem, talvez, conscientemente, cujo início datava da morte do marido. Ela não estava disposta a ser chacoalhada em sua intimidade por olhos que não fossem os dela. Além disso, seu marido foi o último que tocou a sua nudez e ela não pretendia, de modo algum, apagar o rastro ainda morno daquelas mãos masculinas sobre o corpo. As mãos com luvas de borracha das enfermeiras pareciam uma traição às mãos do esposo, tão idosas de dor e amor quanto as dela.

Desde que enviuvou, o corpo de Arminda sofreu uma espécie de florescimento ao contrário. Não murchou, mas se dobrou para dentro; queria abrigar da passagem do tempo as recordações que ela pretendia manter vivas dentro de si. Não se fechou por luto, mas por gosto, precaução contra o desgaste da corrida rumo ao futuro, quando ela não teria mais o seu amado para compartilhar o mesmo leito. Se fosse necessário, Arminda não via mal nenhum em fechar o próprio corpo ao restante dos olhares e toques. Mas nada demovia as enfermeiras do propósito higiênico. Eram capazes de arrombar o sarcófago de um faraó, apenas para desinfetar crenças e pudendas.

Arminda não conseguia vencer aquelas jovens com energia saindo pelas têmporas, que ainda lhe diziam: "Vamos logo, temos mais uma dúzia de pacientes para dar banho e eles não são teimosos como a senhora". Arminda não queria crer, estava perdendo a batalha, seria forçada ao banho, à vergonha. Assim que a cadeira foi colocada perto da ducha, Arminda foi obrigada a se levantar porque lhe ergueram e rapidamente levaram a cadeira para longe de suas pernas, substituindo-a por uma barra de apoio apropriada para idosos. Ela foi colocada debaixo do chuveiro e, sem aviso prévio, abriram a torneira. Uma torrente de água fria despencou sobre a cabeça de Arminda. Ela gritou, suspirou como se fosse perder o fôlego, até que a água esquentou e calou a sua braveza.

Encharcada, Arminda sentiu a derrota e acabou por se curvar. Abaixou a cabeça, deixando à mostra uma nuca pendurada em ossos miúdos, como um peixinho acuado num copo americano. Cabisbaixa, com a água a invadir todas as dobras da pele, ela fechou os olhos, tapou o sexo com uma das mãos, enquanto a outra segurava a barra de apoio. Mantinha-se virada para a parede, de costas para as enfermeiras, como se fosse uma criança cumprindo um castigo na escola, cheia de vergonha. As enfermeiras avançavam as mãos para esfregar todas as partes de Arminda, enquanto ela empregava suas últimas forças para manter-se de costas, imóvel. Falavam para a velha relaxar, que aquilo era rápido e ela ficaria muito bem depois. Arminda se sentia dentro de um lava-jato. Agora, nem mais a sua nudez lhe pertencia; olhava o próprio umbigo, relutava para que a mão tapando o sexo se mantivesse firme, sem ceder aos movimentos das enfermeiras, que tentavam ensaboar todas as dobras da sua intimidade.

Diante da cena, a enfermeira mais jovem, que talvez ainda fosse técnica de enfermagem, olhou para aquela senhora curvada, com cabelos escorridos de água, e não resistiu. Ninguém compreendeu a razão, mas o fato é que ela quebrou o protocolo. Sem pensar duas vezes, se despiu ali mesmo, ficou quase nua. Aproximou-se de Arminda, que continuava de costas, molhando-se inteira. Abriu os braços em torno da idosa, sem tocá-la em canto nenhum, como se estivesse apenas aparando a água em torno do corpo daquela senhora. "Me dá licença, dona Arminda, eu vou tomar banho com a senhora, desculpa, está calor, eu não resisto." A jovem parecia decidida, enquanto as suas três colegas olhavam a cena estupefatas. Arminda, que continuava com a cabeça baixa, viu os pés da jovem, paralelos aos seus, com minúsculas unhas cor-de-rosa. Os dedos pelados da jovem eram tão certinhos e gordinhos, lembravam bichinhos de brincar.

Com algum vagar e uma ponta de curiosidade, foi subindo o olhar ligeiramente embaçado, mas capaz de distinguir as pernas morenas e muito rijas da jovem. Mais acima, Arminda viu a calcinha, clarinha, com uma estampa miúda, pareciam corações alados. A jovem não esperou muito para perguntar: "Será que a senhora podia ensaboar as minhas costas? Eu não alcanço". Ela se virou de costas para Arminda e esticou atrás de si uma das mãos oferecendo-lhe uma esponja. Arminda levantou vagarosamente o rosto molhado, os olhos avermelhados e as sobrancelhas em declive. Ela não entendia aquilo, mas a jovem tinha uma voz suave, pés docinhos, e lhe mostrava o dorso completamente nu à espera de ajuda. Novamente falou: "Por favor, minhas costas devem estar sujas, a senhora podia me ajudar?". Arminda respondeu com uma voz fraquinha: "Não, estão limpas". A jovem insistiu: "Mas tenho coceira, deve ser o calor, dá uma esfregadinha?". Arminda ergueu por completo os olhos, examinou as costas da jovem e, quase já se esquecendo da outra mão, pegou a esponja e começou a ensaboar as costas dela, devagarinho, levando a sério a tarefa. Primeiro ensaboou a parte alta, os ombros, depois, perto da omoplata, e foi descendo, em movimentos circulares, até a cintura. Fazia-o com o cuidado de uma mãe que banha o seu bebê recém-nascido.

A jovem, com muito jeito, se virou um pouco de lado, depois de frente para ela, ergueu uma das mãos e começou a ajeitar os cabelos brancos de Arminda, de modo que ela nem percebeu quando foi acrescentado xampu ao gesto. Aquela velha senhora não dizia nada, mas a jovem puxava conversa, lhe falava que gostava de tomar banho de chuveiro, que em sua casa o chuveiro era capenga, caía uma gota por vez. Enquanto se ensaboava, aproveitava para ensaboar também Arminda; perguntava se ela gostava de tomar banho de piscina ou de rio e continuava, sem esperar resposta, a contar sobre os banhos do irmão pequeno, que fazia birra para entrar no chuveiro, e sobre o pai, que o obrigava. Falou sobre a última tempestade de verão que a havia pegado, junto com a mãe, desprevenida no meio da cidade, encharcando-as a tal ponto que a maquiagem da mãe tinha escorrido pelo rosto e até o dinheiro dentro da bolsa ficara molhado. A essas alturas, as duas já estavam dando banho uma na outra, e Arminda, de cabeça mais erguida, esboçou um sorriso e, depois, chegou a rir com a jovem da cara de espanto das enfermeiras diante delas… "Olha lá, dona Arminda, acho que elas estão com inveja de nós duas aqui, fresquinhas e limpinhas nesta água boa."

As outras enfermeiras já haviam recuado as mãos salvaguardadas por luvas de plástico. Também tinham dado um passo para trás e contemplavam a dupla sob a ducha como se se tratasse de mãe e filha, de duas irmãs, de duas crianças se entretendo durante o banho.

2

Não muito longe do Premier, num hospital público chamado Nossa Senhora das Dores, foi internado o senhor Sebastião. Homem de meia-idade e de meios modestos, Sebastião mirrou devagarinho, sem dar um pio. Muitos remédios, a doença a lhe comer o fígado, a sonolência e a cabeça emparedada em chumbo. Abaixo da cintura, tudo mole. Cadeira de rodas, cama, cadeira de rodas, cama. Também havia a cadeirinha com assento de plástico para o banho.

Então, uma auxiliar de enfermagem, novata, evangélica, foi escalada para banhar o homem. Ele estranhou quando a jovem apareceu no quarto guarnecida com luvas, sabonete líquido, toalhas, tudo com ciência e ar resoluto.

"Bom dia, senhor, sou eu quem vai lhe dar o banho hoje, não se preocupe, eu sei fazer tudo."

Ele estava acostumado com o enfermeiro, que lhe chamava de Bastião e resolvia o serviço entre homens. Mas calou-se. Em meio aos tremores do corpo dele e às pequenas gotas de suor na nuca dela, o evento higiênico teve início. Despir o paciente não era o mais difícil. O senhor Sebastião cooperava na medida do possível e não pesava mais do que sessenta quilos. Ela foi hábil em evitar as correntes de ar e em manter a claridade do recinto. Além do brilho solar estalando o esmalte da pia branca, havia a luz azulada do teto.

A água morna deslizou sem entrave sobre a pele encrespada dele e as mãos de vinte anos dela. Começou por lavar os membros superiores, ela conhecia as regras, sabia dos riscos de queda e dos pacientes que evacuam durante o banho. Nenhuma palavra, nenhuma soltura, apenas o cheiro do sabonete Plim-Plim. Ela era de pouca prosa, aferrados pensamentos. O banho fornecia um momento de relaxamento ao paciente, embora, com a moça, houvesse umas gotas de apreensão. Para a novata, ensaboar a nudez do velho fazia parte do trabalho. Uma das muitas indecências que se tornam decentes quanto mais entram na rotina. Questão de hábito. Ademais, tudo tinha uma razão prevista pelo Senhor, desde a borboleta metida na flor até a incontinência urinária dos idosos. Nada ocorria por acaso, "o senhor protege os simples: eu fraquejava e ele me salvou".

Sebastião não abria as pernas facilmente, foi preciso lhe pedir: "Por favor, afaste um pouco os joelhos para eu higienizá-lo, será rápido". Ele obedeceu. E ela, chuveirinho numa mão e luva ensaboada na outra, tentou mostrar-se habituada a lavar uma louça de antiquário.

Mas a ereção ocorreu, oscilante, porém, o suficiente para romper a cena. Ergueu-se como um náufrago na espuma do Plim-Plim. Sebastião sentiu uma vergonha diferente do embaraço que tantas vezes experimentara na adolescência, quando era apanhado com o pau duro, virado para o sol, em praias e piscinas, na frente das moças, ou quando a empregada Abadia o ensaboava com Lifebuoy. Agora, o antigo companheiro comparecia num corpo que mal parava em pé.

A novata recuou uns centímetros, qualquer hesitação seria fatal. Enxugou as mãos no avental anti-inflamável; alcançou a torneira de água fria, a mesma água que a sua mãe furiosa lançava sobre o pai bêbado. A água não tardou a envergonhar o atrevido.

Mérito dela ou dele, foi um alívio. Depois do ordálio, a novata tratou de terminar o banho, deixando tudo muito lavadinho. Ganhara uma coragem nova. Despediu-se do velho resolutamente. Ele estava exausto. Só queria dormir.

Corações

I

Depois de sete meses de internação, aprendi que para ficar junto dos pais era preciso carinho e paciência. Eu estava completamente esgotada. Precisei inventar estratégias para não sucumbir ao desalento. Continuava a contar-lhes casos, reais e fictícios. Mas isso também era cansativo, era como se eu falasse sozinha, igual ao maluco do Astolfo.

Numa tarde de inverno, meu pai disse que a mãe de Angélica estava no quarto. Sua fisionomia expressava um pavor de arrepiar. Então, veio-me à memória o caso de Angélica, que muito me impressionou e que minha mãe duvidou ser verdadeiro. Mas eu tendia a ser crédula e a levar a sério tudo o que a mãe achava pura mentira.

Os acontecimentos foram mais ou menos os seguintes: Angélica adoeceu de um mal sem nome no dia em que completou quinze anos. Parecia gripe, depois cogitaram que pudesse ser meningite, afinal havia um surto na cidade. Após uma semana com febre alta, a enferma começou a soluçar de modo contínuo. Os pequenos solavancos em seu corpo não a abandonavam nem durante o sono. Passaram-se os dias e nada de ela parar de soluçar. Angélica apertava as mãos junto à camisola branca e chorava de cansaço. Seu irmão, sempre muito atento ao corpo da irmã, dizia que iria arrumar uma solução. Era um rapagão, volta e meia aparecia bêbado e tinha a fama de ser briguento, principalmente depois de ter esmurrado uma velhinha desaforada quando ela o chamou de jamanta. Ele também encrencou com o namorado de Angélica e jurou matá-lo. O namorado era esguio, cabelos longos, olhos verdes e sonolentos. Tinha uma moto e tocava guitarra. Era hábil em colecionar fãs e namoradas. A diferença entre umas e outras, nem ele próprio sabia. O irmão de Angélica, com o pescoço enterrado nos ombros borrachudos, não suportava a ligeireza daquele músico motoqueiro. Angélica estava loucamente apaixonada pelo namorado, mas o havia visto com outra garota aos beijos, às vésperas de adoecer.

Os soluços alcançaram um ritmo inabalável, magoando a garganta de Angélica. Ela vivia dentro de um casarão do começo do século xx, sem lustres no teto, com móveis de jacarandá e piso de pedra. Seu pai cheirava a tabaco e tinha o hábito de cruzar os braços sobre a pança larga e mastigar um palito, enquanto xingava a Virgem Maria. Sempre vestia uma camiseta branca surrada, deixando o umbigo à vista de todos. Aos domingos, ele se apossava de um cinturão de couro e batia em seu cachorro marrom até sangrar. Os soluços da filha lhe pareciam uma besteira de jovem que precisava arrumar marido, simples frescura de mulher. Já a mãe era curvada e vivia calada. Passava os dias atrás de uma máquina de costura. Às vezes dizia que o filho parrudão era parecido com o pai. E Angélica nunca soube se ela o dizia com orgulho ou desprezo.

O médico havia aumentado duas vezes a dose dos narcóticos, mas Angélica continuava a soluçar. Todo tipo de simpatia foi feito para cessar o mal, sem sucesso. Sua mãe lhe dava copos de água morna e rezava ao pé da cama, sob a cadência dos soluços da filha. Esmerava-se em mantê-la na penumbra, dentro de um quarto abafado. Pensava que as janelas fechadas apaziguariam o coração da moça. Para a mãe, Angélica, que era quietinha como um peixe, depois dos doze anos, mudou; teimou em gorjear e a viver de brisa, por isso se sentia asfixiada. A mãe suspeitava das correntes de ar e de tudo o que levantasse voo.

Alguns familiares chegaram com novas propostas curativas: apertar o ventre da jovem, enfaixar o seu pescoço, deixá-la sem respirar alguns minutos, dar-lhe vários sustos, tudo sem resultados sobre o firme soluço. Os vizinhos diziam que era um mal da alma; outros, coisa do além; mas o médico supunha que se tratava de uma disfunção mecânica. O irmão de Angélica, que já começava a cruzar os braços sobre a pança feito o pai, tentou cessar aquele circo, conforme dizia. Numa noite, ele lançou um olhar aflito à mãe e entrou no quarto da irmã. Aproximou-se do leito e a viu adormecida, soluçando sem resistência. Desceu suas mãos gordas até os seios da moça e os apertou contra a cama, como se quisesse sufocar um animal palpitante. Tomada por aquelas mãos, Angélica acordou e acelerou a respiração, assim como os soluços.

No dia seguinte, a mãe tentou alimentar a filha com uma sopa, mas os soluços dificultavam a deglutição. Foram vinte e um dias de soluço, alheio a qualquer tratamento, deixando exangue aquela jovem, à deriva dela própria. O irmão se sentia um fracassado; às vezes a olhava com revolta; noutras, com a cobiça de um cabo do exército que se vê impedido de tomar um butim porque será ofertado ao general. Prostrada sobre o leito, Angélica cansou de chorar e soluçava sem mais resistir.

Numa tarde, a mãe, que estava em pé, bem próxima da filha, levantou a cabeça para o alto e fixou os olhos no teto da casa. Parecia que ela procurava algum santo no céu, tapado pelo telhado escuro. O filho viu a mãe naquela posição e teve uma ideia. A mãe, sempre muito parca com as palavras, não contrariou a mais nova invenção do filho: amarrar a soluçante no teto, de ponta-cabeça, e, a seguir, dar-lhe água para beber. Ao saber da ideia, Angélica sentiu falta de ar, enquanto a mãe lhe dirigia um olhar severo e o irmão falava alto, para si mesmo, que era preciso se manter calmo, pois aquilo haveria de dar certo. O pai viu e ouviu tudo, mas preferiu ficar com o cão no quintal.

Amarraram-na com cordas grossas que apertaram o tornozelo branco de Angélica e dependuraram-na em um gancho fixado no teto. Ficou de ponta-cabeça, bem no meio do quarto, como se fosse uma enforcada ao contrário, um pêndulo humano. O irmão se livrou da camisola da irmã com um só golpe, deixando-a meio nua, com as mãos amarradas nas costas e os cabelos escuros escorridos até o chão de pedra. Então ele gritou: "É para o seu bem, é para o seu bem!".

A mãe nada dizia, mas o irmão falava como se alguém lhe fizesse perguntas: "Vai dar certo, é para ela ficar boa".

A mãe arqueava as sobrancelhas negras e consentia; foi até a cozinha e se apossou do maior copo existente no armário. Enquanto isso, a filha estava com a cara vermelha e continuava a soluçar alto; soluçava e tossia ao mesmo tempo, respirando com dificuldade. A mãe trouxe o copo cheio de água, e o irmão, com as duas mãos lisas e as unhas roídas, agarrou-o e disse à irmã dependurada: "Agora você vai dar goles nessa água, sem parar, até acabar. Enquanto isso eu vou contando, vamos lá, vai ser fácil, é para o seu bem".

A essas alturas, Angélica não resistia. O irmão puxou-lhe pelos cabelos aveludados, empapados de suor. Rapidamente encaixou a borda do copo nos lábios frouxos da irmã; o recipiente com água parecia a comporta de uma represa. Ele virou ligeiramente o copo de modo que a água adentrou a boca de Angélica, e ela fez um esforço, talvez o maior de sua vida, para dar um gole. Mas a água subia-lhe pelas narinas, entupia-lhe os sentidos, não tardaria a inundar os miolos. E ele começou a contar: "Vamos lá, um, vamos... um, e agora dois, e agora três".

Engasgada, entre babas e suspiros, Angélica lutava para não se afogar. De repente, o irmão largou os cabelos da irmã e, com a mesma mão quente, apanhou o seio esquerdo em forma de cone, como se quisesse abocanhar o coração. Mantinha o mamilo estrangulado entre os dedos. Angélica arregalou os olhos, sentiu-se sufocada, com o nariz inundado, prestes a explodir. Ele, exaltado, gritou: "Engula, engula! É para o seu bem!". A mãe nada dizia, mantinha o rosto impávido. Então, o irmão, tomado por um entusiasmo sanguíneo, falou: "Mãe, veja, ela parou de soluçar! Ela parou! Vamos, mais um gole, quatro, cinco, vamos chegar a dez".

A água corria largo pela testa e pelos cabelos da jovem. Ela não soluçava mais, nem respirava. Os batimentos cardíacos, até então visíveis em seu colo avermelhado, cessaram.

O irmão ficou o resto da semana sem falar. O pai construiu um galinheiro no quintal. A mãe enterrou Angélica no terreno baldio, ao lado do casarão. Passados sete dias, ela sussurrou ao filho que ele podia dormir no quarto que fora da irmã, pois o colchão era novo e macio. O filho não hesitou em tomar posse daquele leito, transferindo as suas coisas para o quarto que ainda guardava o perfume de Angélica.

Mas, logo na primeira noite, não fazia nem meia hora que ele havia adormecido, foi despertado pelo ranger da porta que se abriu. Ainda ensonado, ele vislumbrou um vulto aproximando-se, como se surgisse do nada, feito assombração. Foi tudo muito rápido, como sempre ocorre nessas situações. O reluzir de uma faca e, por segundos, ele viu a própria mão esquerda quase apartada do punho, envolta por um caldo de sangue morno. Berrou e desmaiou. A mãe saiu do quarto e chamou uma ambulância. No hospital, os médicos acreditaram em sua versão: o filho tendia à bebida e aos excessos, estava demente desde o sumiço da irmã. Internaram-no em um hospício.

A mãe parou de rezar, decidiu não pedir mais nada ao céu. Também deixou de costurar. Ela convenceu o marido de que a modernidade exigia novos negócios dentro daquele casarão. Ele ouviu a mulher, não era a primeira vez.

Eles foram os proprietários da primeira lavanderia americana do bairro.

***

Não muito longe dali, o namorado de Angélica acabou por desafinar em uma curva e cair da moto. Passou uma parte do verão com um gesso que ia do pé ao joelho. Manteve-se hospedado na casa da avó, uma senhora fofoqueira que o irritava quando falava mal da sua cabeleira longa, que, segundo ela, era coisa de mulher, onde já se viu. Passou todo o tempo mal-humorado, a ouvir Led Zeppelin bem alto e a ignorar a avó, que esmurrava a porta do quarto pedindo que ele baixasse o som daquela porcaria. Os amigos, músicos e motoqueiros, o visitavam. Todos cabeludos, magros e com semblante sério. Ostentavam um olhar de quem não apenas conhece, mas desdenha os segredos da morte e os limites quebradiços da vida. Quando a avó saía para as compras matinais, o guitarrista motoqueiro ficava no jardim da casa lendo revistas em quadrinhos, com a perna quebrada estendida sobre uma cadeira, exibindo o gesso branco entre assinaturas e desenhos feitos com caneta Bic. Ele tinha apenas duas feições: uma de enfado, outra de indignação. Ambas seduziram a vizinha, uma jovem aparentemente pacata, esposa de um taxista considerado perigoso na região, sujeito que andava armado e que não escondia o quanto era ciumento, primeiro de seu Maverick azul e depois de sua esposa (exatamente nessa ordem). Diziam que a jovem esposa do taxista dava banho nele todos os dias. Em seguida, ele se deitava na cama, nu, de barriga para cima, com os braços abertos, e a jovem esposa o cobria com talco. Ela guardava três bonecas de pano dentro de uma caixa amarelada, dizia terem sido da sua avó, e lembrava: "Minha avó casou como eu, era ainda uma criança, e o esposo precisou esperar a primeira menstruação. Enquanto isso não aconteceu, ela brincou com essas bonecas. Meu esposo não esperou nada; um dia ele me levou para o mato e disse: 'Deita, agora vou te fazer mulher'".

Eu estremecia diante desses casos, enquanto a minha mãe parecia feita de alguma matéria que estava acima de qualquer drama. Ao lado dela, eu era uma parva. Essa consideração a meu respeito adquiria maior veracidade quando ela dizia que eu era uma criança muito séria. Precisava urgentemente descobrir algum tipo de espessura em mim (de preferência, inexistente nela) para me livrar da tristeza de me ver engolida por essa seriedade, que mais parecia pura parvoíce. Diante da mãe, percebi que eu não tinha alternativa, a não ser me tornar sensata. Portanto, essa qualidade, a única que viam em minha pessoa, não era fruto de mérito próprio nem da sorte. A sensatez resultava da necessidade de sobrevivência. O que não deixa de ser bastante medíocre.

O desânimo aumentava porque eu sabia o quanto é raro associar a sensatez às pessoas atraentes e às vidas interessantes. Especialmente naquela época, quando a moda eram os estilos irreverentes. Durante anos acreditei que minha mãe era tão doida quanto esperta e que ninguém nunca a enganaria. Era como se ela tivesse o controle total do coração, sendo desde criança o seu maestro, enquanto eu e minhas amigas mal conseguíamos tocar um instrumento. Mas minha suposta sensatez se revelou tão falha quanto a esperteza materna. E qual não foi o meu contentamento ao saber que eu não tinha os conhecidos "dentes do juízo". Além de não precisar penar na cadeira do dentista, li nessa ausência um sinal biológico de que talvez eu tivesse salvação. A biologia se tornava a minha fiadora na adesão a uma ideia estapafúrdia: eu devia ser doida na profundidade do meu ser. Mas essa suposta qualidade estava tão enfurnada que nem eu mesma tinha acesso a ela. Pertencia apenas à tal da biologia, essa parte autônoma em relação às vontades e vaidades. Biologia é esse saco de neurônios, sangue e células que fica golpeando o nosso rosto até o nocaute. Ela é como os cabelos que crescem, branqueiam, caem ou afinam, sem ligar a mínima para nós.

2

Ao ver as fotografias antigas dentro de um álbum de família, meu pai perguntou por Magali, uma amiga que tive na universidade e que usava peruca. Queria saber se ela ainda existia. Pus-me a lembrar não apenas de Magali, mas da peruca que ela exibia, envaidecida, com fios escuros e longamente anelados. Na primeira vez em que ela dormiu na casa do namorado, lá esqueceu a peruca. Ficou caída no chão do banheiro, encostada no cesto de lixo. Na manhã seguinte, o pedreiro encarregado da reforma da casa avistou aquele pequeno amontoado de cabelos negros no chão branco e logo teve o ímpeto de retirá-lo dali. Era um senhor grandalhão e de pouca conversa que havia sido mestre de obras, mas trabalhava por conta própria como pedreiro e encanador. Homem de meia-idade e de inteira confiança. Ao encontrar a peruca desamparada no chão, se abaixou vagarosamente e a recolheu com as duas mãos. Voltou a erguer o corpo sem tirar os olhos do achado. Surpreendeu-se com a maciez dos cabelos, tão obedientes ao destino que lhes fora dado.

Após um longo minuto de contemplação atenta, o pedreiro sentiu vontade de deslizar os dedos sobre a peruca, mas era contido e se achava desajeitado. Mesmo assim, arranjou os caracóis formados pelos fios, de modo a desembaraçá-los de uma fina camada de pó. Depois, arriscou mover um pouquinho o polegar esquerdo, esbranquiçado pela cal, em um prenúncio de carícia sobre as madeixas deitadas feito pétalas em suas mãos. A cabeleira sem cabeça parecia-lhe um buquê desprezado, um adorno sem lugar no mundo. Ao sentir os fios entre os dedos, o velho coração do pedreiro deu sinal de vida e ele se apressou em fechar um botão da camisa, gesto que acabou por aproximar a peruca do seu peito. Mas não ousou ir além.

O encontro entre o pedreiro e a peruca foi interrompido pela campainha da casa, que tocou alto. Antes de ver quem era, o pedreiro fechou as mãos em torno da peruca e a abrigou no bolso traseiro de seu macacão de brim. Não se sabe se a intenção do pedreiro era entregar a peruca ao patrão ou ficar com ela. Talvez quisesse mantê-la secretamente, visitá-la vez por outra às escondidas, acariciá-la como se ela ainda estivesse junto da cabeça de um amor juvenil.

Seja como for, o fato é que ele levou a peruca. Ao chegar em casa, resmungou qualquer coisa à esposa e, como de hábito, se dirigiu ao banheiro para tomar banho. Fechou a porta atrás de si e retirou o macacão. Ao pendurá-lo em um gancho de plástico, avistou um chumaço de cabelos femininos para fora do bolso largo. Uma gota de suor lhe escorreu pela testa. Não era homem de veleidades, de modo que pegou a peruca e a colocou dentro do cesto de roupa suja, enrolada na camisola de sua filha adolescente. Talvez tivesse a intenção de atribuir à filha a posse daquele adereço feminino; afinal, na adolescência, não se estranham as peraltices realizadas com os artifícios dos adultos. Ou então, sabendo que a roupa seria lavada no final da semana, ele teria tempo para dar outro destino à peruca.

Qual não foi a sua surpresa na manhã seguinte quando procurou a peruca no cesto de roupa suja e não a encontrou. A camisola da filha continuava lá, junto com as outras roupas, mas nenhum rastro da peruca. Saiu do banheiro tentando disfarçar o ar de espanto e receio. Deu de cara com a esposa e a filha à mesa da cozinha. Não havia corredores naquela diminuta casa, de modo que os encontros costumavam ser abruptos. Nenhum traço de novidade podia ser adivinhado no rosto moreno de sua esposa, menos ainda no semblante disperso da filha. Tomaram o café calados diante da televisão ligada. Foi então que o pedreiro percebeu um incômodo em ficar com elas. Levantou-se dizendo que precisava ver o encanamento do tanque no quintal, mas a verdade é que queria estar sozinho. Era como se o seu corpo edificado desde tempos remotos para ser pesado e sólido sentisse uma aragem inesperada entre palafitas. Após décadas, o pedreiro interrompia a rotina matinal de estar à mesa com a mulher, a filha e a televisão.

No quintal, ele sentiu receio de bambear as pernas ao relento. Estava atrapalhado. Uma pergunta martelava a sua cabeça: e a peruca? Talvez também se perguntasse: como pôde ter sido tão descuidado a ponto de deixar a linda cabeleira dentro de um cesto de roupa suja? Retirara a peruca do abandono para, no dia seguinte, condená-la a pernoitar na sujeira.

Será que o pedreiro fora atingido pela angústia daqueles amantes que, por um ato em plena embriaguez, são inescrupulosos com o único e verdadeiro amor? Não chegaria a tanto. O mais provável é que ele tivesse medo de ser descoberto pela família em seu ridículo. Só havia um meio de evitar a vergonha e, ao mesmo tempo, redimir a suposta desfeita à peruca, lhe fazendo jus. Era preciso reencontrá-la e dar-lhe um lugar digno.

Sabia que a filha não tardaria a ir para a escola e a esposa sairia para o trabalho de empregada doméstica. Retornou para dentro de casa e foi logo anunciando que não demoraria a sair também, mas que o cano do tanque estava gravemente entupido e ele iria consertá-lo antes que a água vazasse, podendo provocar um desmoronamento. As duas acreditaram prontamente no pedreiro, afinal, ele era um homem confiável e a roupa precisava ser lavada no fim de semana.

Assim que o pedreiro se viu só, começou a busca. Vasculhou primeiro a sala, que servia de quarto para a filha. Olhou dentro do armário habituado a escapulir de um calço; procurou entre vestidos, blusas, calcinhas e sandálias. Não encontrou o que queria. Subitamente, em cima do armário, avistou duas caixas. Uma aberta, cheia de cadernos escolares; a outra fechada com uma fita. Desatou o nó da fita com cuidado e abriu a caixa. Mas não encontrou a peruca, apenas as bijuterias da jovem, alguns cosméticos e um chapéu. Também havia a fotografia da filha abraçada com um rapaz, provavelmente um namorado; não parecia ser gente do bairro.

Após alguns instantes de preocupação, resolveu continuar a busca. Procurou em todos os cantos da casa e acabou por encontrar a nota de garantia da geladeira comprada recentemente e que julgava perdida. Também achou alguns parafusos da casa em que morou na juventude, assim como o registro de nascimento da esposa. Parou um instante para tomar água enquanto recordava da casa antiga, arejada e com teto de madeira, dentro de uma vila operária. Por fim, abriu o guarda-roupa do casal. Na parte reservada à esposa, avistou o que já conhecia: blusas e vestidos doados pela patroa, além de um roupão que havia sido de sua cunhada. Afastou os vestidos da frente e enfiou a mão direita no armário. Apalpou o fundo de madeira e subitamente encontrou uma alça. Puxou-a. Era a alça de uma mala de mão, inteira de couro. Retirou-a do armário e se sentou com ela sobre a cama do casal. Abriu a mala sem dificuldade, mas com um pudor que nem ele próprio sabia que tinha. O interior era todo forrado com cetim branco. No centro da mala, havia um pacote envolto em papel de seda. Ergueu-o vagarosamente e começou a desembrulhá-lo. O papel estalava e ele mordia os lábios. Acabou a tarefa sem magoar a embalagem.

Então, o pedreiro se viu frente a frente com algo que não via desde que tinha vinte anos: o vestido de casamento da esposa. Era todo de renda branca e ainda cheirava a rosas. Ficou imóvel por alguns instantes, sem piscar. Começou a mover os lábios, como se esboçasse um sorriso. Com as duas mãos, ergueu o vestido diante de si e nele vislumbrou a antiga forma física da esposa. Em seguida, o aproximou do próprio peito, quase como se o abraçasse. Lembrou-se de si mesmo quando jovem, na noite em que aninhara a alma e o sexo nos cabelos negros e anelados daquela que era a única dona do vestido. Lembrou-se do que ela lhe sussurrou: "João, você é o homem mais forte do mundo, eu sou completamente sua".

Sorriu para si mesmo como há muito não fazia.

Após algum tempo com o vestido, olhou de soslaio para o canto esquerdo da mala e lá avistou a peruca. Estava bem situada; os cabelos anelados, semelhantes a uma tulipa negra. A peruca, junto ao vestido de casamento, pensou ele, já estava em seu devido lugar.

João consertou o tanque (que estava mesmo entupido). À noite, antes do retorno da filha, a esposa preparava uma sopa de abobrinha. João se aproximou da mulher, lhe disse alguma coisa engraçada e desligou a televisão.

Órgãos

C-647 foi o número do quarto de um grande hospital, perto da avenida Paulista, para onde o pai foi transferido numa manhã fria de inverno. Precisou mudar o lugar da sonda alimentar do nariz para o estômago, só retornou ao Premier dois dias mais tarde.

Na sala de espera da UTI, havia quem dissesse: "Deus sabe o que faz", "Ninguém morre de véspera", "Confia em Deus". Eu não entendia. Se a indústria farmacêutica expulsa a morte da vida, como quem extirpa um câncer do corpo, seria possível falar em Deus? Passei a acreditar piamente que Deus havia mudado. Ficou pela metade. Agora, só faz nascer; nada mais tem a ver com a morte. Portanto, quando alguém morre, não vai mais para o lado da divindade, fica sem lugar. Naqueles dias, eu tinha certeza de que a morte havia se transformado numa despenada quimera. Daí a possibilidade de banalizar a semivida dos pacientes.

É difícil o acesso à UTI, essa espécie de caixa-preta do complexo hospitalar. Nos horários de visita, eu vi pacientes como o meu pai, com as funções orgânicas transtornadas. Novos orifícios modificam o curso e o tipo de alimento, e os medicamentos surgem como uma espécie de feiticeira convertida em fada: fazem adormecer, entorpecem, e assim o tempo passa e vários hospitalizados sobrevivem. Não se trata do "cemitério dos vivos" descrito por Lima Barreto. É uma fábrica de quimeras. Serve para salvar vidas, mas a escala industrial das cirurgias e as manipulações do corpo assombram mais do que o fato de ali haver doentes em estado grave. O que apavora é a sobrevida produzida diariamente, e não apenas o risco da morte. Uma morte a crédito.

Os enfermeiros, dia e noite em convívio com aquelas inversões das funções corporais e do ciclo natural de vida e morte, manipulam interiores orgânicos, ou o que deles é expelido, com a mesma naturalidade com que lavam as mãos e as vestem com luvas descartáveis. As informações sobre o estado dos pacientes costumam ser fornecidas em conta-gotas. Eu vivia mais uma vez esse suplício. As horas não passam, pingam em uma enorme bacia de almas em frangalhos. A linha de montagem dos matadouros começa com a morte do animal, mas a linha de montagem da indústria hospitalar tem início com o desnudamento do doente, sua transformação em paciente, sem privacidade, apartado de sua identidade social, transformado em um saco de dados biológicos. Os acompanhantes vivem um processo semelhante: são vistos apenas como informantes dos dados biológicos de seus parentes internados. Como se fossem o corpo do paciente terceirizado.

É provável que em grande parte dos hospitais um coração seja um órgão. O cérebro seja outro órgão. Afinal, quando é preciso salvar vidas, não é possível filosofar. E muitas vidas são salvas, efetivamente, porque os médicos não se comportam como filósofos. Há os que são mais corporativistas do que humanistas, mas há, sobretudo, profissionais abarrotados de trabalho, estressados. Já os acompanhantes, os familiares dos pacientes, aqueles que vão visitar os parentes hospitalizados, mas voltam para o seu lar, para os filhos e cônjuges, para o trabalho e as diversões, esses que subitamente são obrigados a viver um pedaço do cotidiano hospitalar, bem que podiam ter direito a alguma filosofia quando estivessem dentro daquele condensado de infortúnios, bem que podiam ser agraciados com uma conversa com os médicos que extrapolasse o protocolo, que ajudasse na invenção de algum sentido na lida com familiares lesados, acidentados, aleijados, amputados, dementes, em parte não mais eles, em parte eles, seres em sobrevida; como percebê-los? Fora dali há receitas, há caminhos religiosos, há amigos que apoiam. Mas, ao entrar em uma grande UTI, as portas logo atrás dos visitantes se fecham, jogando-os na solidão de contemplar, por exemplo, um familiar entubado. As enfermeiras passam, muito ocupadas, a televisão está ligada e mostra uma senhora loira a fazer brigadeiros, os aparelhos marcam a cadência do lugar com bipes de vários tipos, os pacientes parecem organismos em hibernação, seus acompanhantes disputam a categoria de zumbis, os faxineiros carregam lixo e na saída do recinto comentam sobre um pancadão que a polícia nunca chegou a combater, o funcionário responsável por um aparelho portátil de ecografia olha, absorto, o próprio celular, o médico de plantão cumpre rapidamente a tarefa de dar as parcas informações a cada parente, mas a sua aparição lembra aquela dos deuses: é rara, dura segundos e é pontuada por frases que os familiares tendem depois a destrinchar, como se fossem ditas por oráculos.

Essas indústrias hospitalares são lugares econômicos com as palavras dirigidas aos pacientes e a seus acompanhantes, economia igual à das aeromoças e toda a tripulação de um avião para com os passageiros: raramente dizem o que realmente se passa em um voo quando há problemas. Passageiros e pacientes têm muitas coisas em comum. Eles são submetidos ao ar-condicionado, às refeições em minicaixinhas, às precauções com a segurança, à relação com o tempo suspenso, ao sabonete líquido, além da experiência de "embarcar", presente em viagens e cirurgias.

Mas é a UTI dos hospitais que de fato lembra uma panela de pressão de emoções tristes, pontuada por rasgos de alívio e desespero. Um concentrado dos limites da condição humana, no qual o mais assustador não é perceber que entre a vida e a morte há pouca distância, tanto quanto entre o interior e o exterior do corpo. O mais duro ou a maior demência vivida naqueles locais é bem esta: descobrir que se está a um passo de não mais reconhecer a distância entre vida e sobrevida, entre um órgão e um pedaço de carne. Todos parecem focados na recuperação, poucos se ocupam em favorecer um final de vida com dignidade e sentido.

O hospital é um terreno de guerra e os pacientes são as vítimas; os médicos coordenam os exércitos, mas eles próprios sofrem pressões: de seus superiores, dos interesses particulares dos seguros de saúde, das empresas farmacêuticas, das famílias, dos laboratórios... Os equipamentos hospitalares e os medicamentos são as armas e a assepsia, uma lei essencial; os faxineiros bem o sabem. Bactérias imaginárias e reais são tão temidas quanto os terroristas; entre elas, há as mais maléficas e fortes, assim como as menos ofensivas. Há doenças autoimunes, metástases, vírus e sequelas de diferentes enfermidades, uma lista farta de desgraças. Já os enfermeiros e seus assistentes são a ponta da lança do batalhão. São eles, em primeiro lugar, que devem saber a diferença entre manipular um corpo e tocá-lo. E, entre eles, há os que aprendem a sorrir com os olhos por cima das máscaras cirúrgicas, embora a UTI não favoreça as amenidades essenciais aos humanos, as frivolidades que diferenciam idades, as vaidades que marcam cada desejo. Similar ao campo de batalha.

Já os acompanhantes não têm lugar nessa guerra; sobram, e há como fazê-los sentir esse sobrar constantemente. São seres que desconhecem as armas, estão em fogo cruzado tentando salvar os seus e, ainda, a eles próprios. Assemelham-se, em parte, às mulheres dos soldados de algumas guerras antigas, que espreitavam as batalhas ao longe, dado que mal podiam aproximar-se dos maridos; apenas depois da luta encontravam o corpo do homem querido, e então dedicavam-se a curá-lo ou a enterrá-lo. Mas talvez seja pior do que isso, pois os acompanhantes dos dias atuais têm horários de visita para entrar e sair da UTI, o campo mais delicado e grave da guerra. Os acompanhantes dos hospitalizados, coagidos a um indeterminado "à espera", ficam impossibilitados de pensar que um corpo doente é mais do que um corpo doente, que um coração é mais do que um órgão. E, portanto, acabam por escorregar na pobre conclusão de que o próprio corpo é coisa de pouco valor.

Talvez seja este o único sentido possível de todo o grande absurdo de muitas vidas hospitalizadas: não há que se dar importância ao que se é, ao que se tem, a quem se ama. Mas, se assim for, é provável que eu nunca aprenderei a viver. A vida não é coisa para ser aprendida. E o tal Deus nunca prestou contas. A cabeça do meu pai perdera o sentido; a da minha mãe apagara a memória. Eu doravante administraria a vida do que restava deles, até o dia em que seus corações deixassem definitivamente de bater.

Pés

I

Quase um ano após o AVC, meu pai foi transferido para um aposento individual ao lado do quarto da minha mãe. Ele parecia mais forte, portanto pôde sair da unidade semi-intensiva, na qual dividia o mesmo espaço com outros pacientes, para ser alojado em um quarto, com o seu nome na porta de entrada. O espaço era claro e arejado, tinha um pequeno guarda-roupa, um sofá, uma mesa e uma televisão. As diferenças entre a noite e o dia retornaram com maior evidência à rotina dele e, a partir daí, sua lucidez aumentou e expressões faciais que demonstravam emoções contrastantes iluminaram o seu semblante.

Há festas no jardim do Hospital Premier, com a participação dos pacientes e de suas famílias. Nelas, meus pais eram colocados lado a lado e em frente à mesa de refeições. Mesmo sabendo que ele não podia comer, seu corpo ganhava alguma verticalidade e a cabeça se erguia por cima das sondas, como se ele reencontrasse a antiga dignidade de comer sentado, em vez de ser alimentado deitado. Num desses momentos, meu pai disse "o pão da Inês".

Inês era uma portuguesa sovada no tanque e no fogão desde a mais tenra idade. Semanalmente fazia pães para a família e a vizinhança. Pães redondos e gordos, bebês risonhos expostos ao sol da manhã. Miolos com a fornalha na alma. E a casca, estaladiça e macia, como podia? Quanta saudade senti abruptamente do pão da Inês, cuja receita morreu com ela. Quantos mistérios ela agora me desperta. Eu era criança e nada conhecia da vida daquela cozinheira. Agora, queria saber sobre ela que tanto sabia a pão embora o pão nunca a soubesse.

Mesmo dependente da sonda alimentar, o pai teve uma melhora. No novo aposento, ele dispunha de algumas roupas e de um par de sapatos. Podia ficar cerca de uma hora por dia sentado em uma poltrona e ser levado em cadeira de rodas até o jardim, junto com a minha mãe, sentada em outra cadeira de rodas. Ele ouvia música, falava que queria tomar café, ficar sozinho sob a ducha, mijar em pé e usar sapatos. Com o pingar dos meses, foi falando cada vez menos.

Precisei esvaziar o apartamento dos dois para fazer uma reforma. Nos quartos, era difícil a tarefa de jogar fora centenas de coisas da intimidade deles. Guardei comigo a gaita, os discos e os pincéis de nanquim do meu pai. Mas havia muita tralha para doar ou colocar na lixeira. Parecia que eu os roubava com uma mão e, com a outra, levava uma coca-cola gelada à boca. No silêncio daquela casa cada vez mais suja de pó, eram muitas as lembranças para manusear e arquivar: cartões-postais de viagens, caixas com quinquilharias antigas, fotografias, minhas roupas de bebê, minha primeira boneca com olhos brilhantes, todo um passado que eu queria deixar no passado. Mas é difícil escapar dos cheiros. Cheiro de uma casa que já havia morrido, de um cárcere de mogno revestido com as rendas da minha primeira comunhão. Cheiro de um quarto que já fora meu, mas ao qual, há décadas, eu deixei de pertencer. Cheiro das penas de dois pássaros molhados após anos de chuva intermitente. Dentro dos livros, havia marcas que agora tanto fazia se fossem de sangue ou café. Assim como é horrível matar o direito de morrer, não desejaria carregar no presente o cadáver ainda morno de vidas passadas. Do tempo que se foi, queria imagens e letras que coubessem dentro de uma caixa de sapatos. Se tivesse mais do que isso, seria difícil caminhar.

Contei aos pais que pretendia pintar a casa em que moravam desde a década de setenta, e que talvez o meu filho mais velho se mudaria para lá. Ao ouvir a notícia, ela disse sorrindo que achava bom, mas me olhou como quem não tivesse a menor ideia sobre a que casa eu estava me referindo. Já meu pai tentou dizer alguma coisa e, depois de algum esforço, pronunciou o nome de uma senhora que conhecemos durante as férias, numa cidade de praia. Chamava-se Maria e, quando jovem, conseguia a proeza de ser vagamente tórrida. Usava sapatos de salto alto dentro de casa com tanta naturalidade que parecia já ter nascido com eles. O seu cruzar de pernas rodava a cabeça dos homens mais sérios, tamanha era a desenvoltura do gesto. Depois de viúva, o lado ardente da mulher sumiu, tornando-a opaca. Deixou de usar saltos e sofria de dores nas pernas. Seu filho mais velho, Carlos, percebeu que ela andava esquecida e com abruptas oscilações no humor. Ao visitá-la, sempre aos domingos, tentava abordar o assunto. Certa vez disse-lhe:

"Mãe, é perigoso morar sozinha."

"Tenho a Isaura, que faz o serviço de casa."

"Mas, de noite, está sempre sozinha; e se tiver um problema?"

Carlos lançou a pergunta com o mesmo esforço que fez para erguer o corpo afundado no sofá castanho, situado em frente à televisão. Mas a mãe lhe devolveu a pergunta com outra: "Meu filho, você quer que eu vá para um asilo?".

Carlos resolveu mudar de assunto e encaminhar a conversa para o final. Voltou para casa pensando que essa situação aconteceria cedo ou tarde. Seus dois irmãos moravam em outros países e ele era o único próximo à mãe. Cogitou levá-la para morar em sua casa, mas a esposa não aceitaria e, a bem da verdade, nem ele. Colocar alguém para dormir com dona Maria não dava certo, ele já havia tentado.

Não queria pensar, mas pensou: seria um alívio se a mãe morresse subitamente, sem sofrer e sem passar pelo calvário de tê-la dependente e doente. Além do mais, os mortos não estorvam os vivos. Basta visitá-los no cemitério, no Dia de Finados, o que é até simpático, parece uma festa, cheia de flores e de famílias passeando entre os túmulos. E depois, os mortos não sofrem nem necessitam de nós, não dão despesas, podem se converter em poemas e inspirar orações. Sem contar que ter pais mortos impõe mais respeito do que tê-los vivos. Suscita quase uma admiração daqueles que ainda têm seus ascendentes. Pode-se falar dos mortos com saudades, ternamente, como se fossem seres iluminados. Pode-se ir à igreja e pedir que eles nos concedam graças, alguns acabam por melhorar a nossa fé no divino. São úteis. Há aqueles menos discretos, que aparecem em sessões de espiritismo. Também existem mortos com poderes impressionantes e que tomam a forma de protetores dos vivos, como anjos da guarda. Graças aos que morreram, milhares de vivos passam dias e noites inebriados em rituais, ocupados em preparar homenagens, algumas, aliás, muito benéficas para as relações sociais. Ah! os mortos. Somente eles merecem ser tratados com cerimônia. Os velhos doentes ainda vivos, internados, dementes, esses coitados, nenhum ritual os adula, toda cerimônia é descartada pelas mãos juvenis dos que lhes trocam as fraldas diariamente. Por que raio a humanidade, que é tão velha neste mundo, não inventou rituais e honrarias para esses vivos estropiados, que parecem cambalear, desorientados e perdidos, no corredor da morte?

Ele pensava nessa abominável injustiça quando subitamente lembrou que devia retornar ainda naquela semana à casa da mãe; esquecera de lhe comprar o hidratante sem perfume indicado pela médica. Ao retornar, Carlos não abordou o tema principal. Fez de conta que outras conversas eram mais importantes do que a situação da mãe e o seu fiapo de futuro.

Passados alguns meses, numa madrugada fria, dona Maria caiu no banheiro e não conseguiu se levantar. Demorou horas até ser descoberta por uma vizinha, a gemer de dor. Ao saber do ocorrido, o filho encontrou justificativas muito sérias para interná-la. Mas não teve coragem de dizer essa verdade à mãe. No dia da internação, disse-lhe que iriam juntos a um hospital excelente, no qual ela passaria a tarde em exames. Dona Maria olhou para o filho e pensou que finalmente ele ficaria a tarde toda junto dela, e, ainda por cima, seria uma oportunidade para sair de casa e passear um pouco. Quem sabe os exames mostrassem que ela não estava com o pé na cova? O rosto de dona Maria se iluminou em um sorriso.

Carlos a colocou em seu carro, no banco da frente, apertou-lhe o cinto de segurança e a levou para uma casa de repouso. No caminho, ela se mostrava animada, enquanto ele tentava disfarçar a própria apreensão.

Dona Maria foi internada. Ficou à espera da morte, sem o risco de um dia cair ou esquecer de desligar o forno. Estava em segurança e desnorteada. Era como se toda a cidade a esquecesse e ela já tivesse sido empurrada para o purgatório, esse primeiro asilo de almas, com jovens vestidas de branco, ostentando o mesmo sorriso das enfermeiras das ficções científicas. Mas ela ainda tinha corpo. Não era o corpo que queria, mas era o seu corpo.

No dia da internação, o filho tomou tranquilizante para dormir. A esposa tentava alegrá-lo, mas acabava por mostrar mais o próprio alívio com a internação da sogra do que alguma habilidade em mudar o humor do marido. Ele olhava para a mulher e ficava pior. Era como se, após a internação da mãe, a falta de amor e desejo pela esposa se tornasse tão incômoda quanto a raiva de não ter coragem nem ânimo para deixá-la. Ele nunca entendeu por que, a partir daquele dia, ficou mais difícil suportar a vida de casado.

Na casa de repouso, desde o primeiro dia da internação, dona Maria fez questão de explicar às enfermeiras que não era surda e, portanto, elas não precisavam elevar a voz sempre que lhe dirigiam a palavra. Mas, a cada semana, havia uma enfermeira nova no setor e era preciso explicar tudo de novo. As mais antigas cortavam a explicação de dona Maria pelo meio: "Já sabemos que a senhora escuta bem, pode deixar, não se preocupe, viu?". E murmuravam entre elas que a velha estava esquecida, repetia sempre as mesmas coisas. Cansada de não ser ouvida, dona Maria parou de falar. E as enfermeiras concluíram: logo estará na fase mais grave da doença, naquela em que tudo fica embotado; não vai demorar muito para deixar de comer, se mover e, por fim, vai se dobrar em posição fetal. Dona Maria não fazia questão de ficar bem-humorada ou de cooperar com a fisioterapeuta, entre outros profissionais da saúde que dela tratavam. Logo levou a fama de velha rabugenta. Já havia pedido a duas ou três funcionárias para se sentar no sofá bem na entrada da casa de repouso, lugar com tapete, vaso de flor, quadros, máquina de café, gente de roupa colorida e mulheres com sapato de salto alto. Morreu após alguns meses, sem realizar esse desejo e sem colocar em perigo a vida dos outros.

 O filho não conseguia vender a casa materna, que, por direito de herança, era sua. Pediu um valor alto em relação ao preço de mercado. Queria vendê-la com os móveis dentro, inclusive com o sofá castanho que lá estava desde o seu nascimento. A esposa de Carlos insistiu para que ele vendesse ou doasse tudo o que havia na casa, mas ele era turrão e ensimesmado. Passado um ano, a esposa perdeu a paciência e deu um ultimato:

 "Escute, estamos com graves dificuldades financeiras, ou você resolve de vez essa situação, ou vamos todos à falência."

 "Acha que eu sou o único culpado pelas dívidas?"

 "Não importa, o que interessa é a solução. Com a venda da casa, saímos do buraco. Você precisa se empenhar, já passou da hora de retirar aqueles cacarecos lá de dentro."

"Não são cacarecos", lembrou Carlos.

"Pois mesmo que não sejam cacarecos, não se vende a casa com tanta coisa dentro", concluiu a mulher.

Desde então, teve início um período longo e penoso para aquele homem que acreditava não ter problemas em relação à morte da mãe. Ele conseguiu doar quase todos os móveis para uma instituição de caridade. Restou o sofá castanho e as roupas da mãe. Colocou novamente a casa à venda. Mas não encontrou comprador. Aceitou enfim que sua mulher se livrasse do restante das coisas. Foi durante um domingo. Ele preferiu ir ao jogo de futebol enquanto a esposa fazia o serviço.

Com a casa vazia, em menos de um mês, apareceu um comprador. Pessoa honesta e disposta a fechar o negócio. A venda foi celebrada em um restaurante do bairro e o alívio no dia seguinte foi imenso. Carlos então pensou, agradecido, em sua mãe falecida e finalmente viveu o que já sabia que viveria, uma relação amistosa com a mãe morta, sem estorvos, apenas gratidão. Saldou as dívidas e abriu um negócio novo, no centro da cidade, não muito distante da casa vendida.

Numa noite chuvosa, Carlos saiu do serviço sem guarda-chuva pensando que poderia apressar o passo, cortar caminho por uma viela e alcançar o automóvel estacionado numa praça sem se molhar muito. Fazia tempo que não passava por aquela rua com paralelepípedos enlodados. Marchou entre fachadas pichadas, desenhos com bocarras e olhos soltos pelas paredes dos imóveis, cujo passado lembrava a abastada burguesia local. Ele percebeu a própria respiração ofegante, apressou-se, "Nada aqui combina comigo".

No meio da ruela, Carlos avistou dois vultos letárgicos ao fundo. Acelerou a marcha. Pareciam saídos de uma mina de carvão. Dar meia-volta? Não, bastaria desviar o olhar. Mas, ao se aproximar, olhou de soslaio. E viu. Um dos homens estava sentado no chão com as pernas esticadas, os pés encardidos e as costas apoiadas em um surrado sofá. Carlos teve um sobressalto: era o sofá da sua mãe, o familiar sofá castanho. O estofo escapulia entre rasgos feito pelanca, e faltavam os dois pés dianteiros; o móvel estava arriado, combalido.

Diante do sofá desabrigado e manco, o filho de dona Maria sentiu um fraquejar nos membros. Lembranças do passado aproveitaram para se impor. Primeiro o cheiro de pipoca, que acompanhava as tardes domingueiras de sua infância, quando ele se espremia entre os corpos dos pais e irmãos, naquele sofá, diante da televisão. Depois, a prima Liana, lado a lado com Carlos no mesmo sofá, longe dos olhares da família, permitindo que ele lhe apalpasse os seios macios, mas sem deixar que ele os visse. Nunca entendeu as razões da apetitosa prima. Concluiu que mulher não se entende, se pega. O sofá castanho foi o seu porto seguro quando encheu a cara pela primeira vez e não tinha mais de treze anos; ficou tão tonto que não conseguiu subir as escadas para chegar ao quarto. Aos domingos, Carlos, que era o caçula, preferia o sofá mais do que a mesa de jantar, pois nele tinha a oportunidade de se aconchegar ao pai e rir dos roncos de sua barriga peluda, como se ambos tivessem a mesma idade.

Quando deu por si, Carlos ouviu a voz rouca do pobre-diabo: "Uma ajudinha, doutor, por favor".

A chuva engrossou. Ele tirou do bolso uma nota alta na moeda nacional. Os dois desabrigados arregalaram os olhos, incrédulos. Carlos não esperou para ouvir o que disseram. Deu-lhes a nota, lançou um olhar úmido ao sofá agonizante e voltou a andar na direção do automóvel, com passos de enfermo.

Umbigo

Isso não é nada perto do que irei contar na próxima noite.

As mil e uma noites

I

Eu precisava retirar da casa dos pais o restante das coisas para pintar as paredes. No quarto das ferramentas, encontrei dezenas de parafusos de vários tamanhos. Ainda acalentava o desejo de que o famigerado parafuso na mão do pai pudesse revelar acontecimentos que fizessem dele mais do que o morninho da sua cabeça.

"Pai, naquela manhã, antes de se sentir mal, consegue lembrar o que fazia?"

"Não me lembro."

Agora que meu pai falava pouco, suas palavras pareciam mais duráveis.

Finalmente decidi que não podia mais adiar a retirada de tudo o que restava na casa dos pais. Era preciso dar algum destino ao sofá. E aos tapetes, aos quadros, à mesa de jantar e aos inúmeros objetos em cima dela, incluindo pilhas de DVDs e exames médicos. Comecei por colocar em caixas os utensílios da cozinha e, uma hora mais tarde, ocupei-me da sala. Utilizei uma sacola grande para ajeitar as duas luminárias e algumas toalhas de mesa. A seguir, avistei uma caixa de madeira que meu pai havia fabricado, em forma de hexágono, e que a minha mãe dizia não caber em canto algum. Ele a usava para guardar documentos e outras coisas que não queria deixar muito à vista das empregadas (elas nunca eram as mesmas, minha mãe implicava com todas, de modo que não duravam mais do que duas semanas no emprego). A caixa me parecia única pelo seu formato de seis lados; era envernizada e tinha um pequeno fecho. Um objeto talhado com esmero para atender a uma precaução do pai, bastante compreensível, já que ele não tinha um cofre. Ao pegá-la, notei que continha coisas e estava trancada, sem a chave. Ao virá-la de lado para que coubesse na sacola, vi parafusos fixados nas extremidades da sua base. Eram seis parafusos. Não, eram cinco: virando a caixa de ponta-cabeça, percebi que, no lugar do sexto parafuso, havia um buraco.

Fez-se escuro. Um calor subiu-me às faces. Levantei um alçapão de dúvidas. O pai tentava abrir a caixa um pouco antes de desfalecer? Perdera a chave e queria retirar os parafusos para abri-la? Ou pretendia fixar melhor o parafuso que ficou em sua mão?... Porra, como é que eu pude esquecer? Em meio à confusão nervosa da manhã em que encontrei o pai quase morto, nem reparei na caixa. Agora, vinha à minha mente toda a cena: ele tentava indicar algo com a mão direita, e, somente dias mais tarde, eu recolhi a caixa caída no chão, ao lado do sofá. Foi quando busquei a mãe para ela ficar em minha casa, porque o pai estava internado. Eu precisei esperá-la ajeitar os cabelos e passar batom, o que lhe demandava uma série de gestos lentos e atrapalhados, mas ela se irritava se alguém tentasse ajudá-la. Deixei-a sozinha diante do espelho do quarto e fiquei na sala, à espera. Enquanto isso, aproveitei para dar uma pequena arrumada nas coisas. Então, ergui a caixa de madeira que estava no chão, colocando-a em cima da mesa da sala. Aflita com os pais, nem prestei atenção nela.

Ela tinha um certo peso. Hesitei um momento em abri-la à força, mas a curiosidade era maior do que o constrangimento. Voltei ao quarto de ferramentas em busca de uma chave de fenda. Avistei uma quantidade infinita de pequenas caixas dispostas em prateleiras, umas por cima das outras, de diferentes tamanhos e formatos. Fui abrindo as que estavam mais visíveis, dentro delas havia milhares de parafusos de todos os tipos, centenas de ferramentas, elásticos e tiras. Muitas das caixas continham outras pequenas caixas, de papelão, plástico, madeira e lata. Acabei encontrando uma caixa repleta de chaves de fenda. Escolhi uma ao acaso. Tentei, enfim, desparafusar a caixa do pai. Não foi fácil.

Minha impaciência com a chave de fenda, misturada à ansiedade, me levou a ferir a madeira nas extremidades do hexágono. Mesmo assim, ele não abria. Era duro, impenetrável a todas as ferramentas. Tentei abrir pelos lados, metendo um estilete na junção das partes, forcei para cima e para baixo. Nada. Desatei a tremer. Enfiei com força o estilete perto do fecho, mas a lâmina saiu do lugar e atingiu o meu antebraço. O sangue escorreu num fio comprido em direção ao pulso, pingou no chão, limpei tudo apressadamente com a outra mão. Amarrei um pano no braço furado, que ardia, e voltei a forçar a abertura daquele hexágono pelas laterais e, depois, pelo fundo. Não conseguia. Acabei por utilizar um martelo, quem sabe se batesse na fechadura... Não deu certo. Virei a caixa de ponta-cabeça e dei uma martelada em sua base. Quebrei. A madeira da base era frágil, partiu-se. A brutalidade do ato atingiu-me no meio do corpo; eu estava sentada no chão e mantinha a caixa do pai apoiada sobre as coxas, encostada à barriga. Senti uma agulhada no umbigo. A base hexagonal, espatifada bem no centro, deixou à mostra, primeiro, algo que me desconcertou: um bolo de pequenos papéis, todos enroladinhos e presos num elástico. Eram bilhetes e recibos de loteria, tanto da federal quanto do jogo do bicho. "Por que razão ele guardava aquilo?" Mas isso não foi tudo. Havia um livro, na verdade um caderno de capa marrom-escura, parecia um diário. Bambeei o corpo e senti um profundo mal-estar.

Eu estava sentada no chão, com as pernas esticadas, mãos e braços sujos de sangue, segurando bilhetes de loteria vencidos e um caderno que não deveria estar comigo, e sim com o seu dono. A caixa estava arrombada, violada em sua base, com os miolos expostos. Chorei convulsivamente, com muita vergonha do que eu havia feito. "Onde eu estava com a cabeça?" Arrepender-se de um erro sem conserto não há nada pior; é como virar o corpo do avesso e nunca mais conseguir endireitá-lo.

Passada meia dúzia de horas, saí da casa dos pais carregando na bolsa aqueles achados. Antes, limpei-me com panos de cozinha, juntei os pedaços da caixa quebrada dentro de um saco de plástico preto, amarrei tudo bem apertado e depositei no fundo da lixeira existente na garagem do prédio. Nunca mais queria ver a caixa que tinha destruído. Sentia-me nauseada. Toquei o meu umbigo com o dedo indicador, essa campainha ou tampa das vísceras cujo aspecto é o do fim de um embrulho. Ninguém me atendeu nem percebeu minha angústia no meio da rua. O estômago ardia, o umbigo parecia querer pular para fora. Tive o impulso de arrancar aquela cicatriz original, tornando-me um Adão, que nunca viveu dentro de uma mulher e que, talvez por isso, não precisa olhar para trás. Eu não queria nunca mais olhar para trás. Se os olhos estão virados para a frente, não fazia sentido querer saber o que se passa nas traseiras.

Atordoada e cheirando a sangue, eu não podia voltar diretamente para casa e dar de cara com o marido e os filhos. Precisava me recompor minimamente. Fui até uma padaria e lá fiquei o que pareceu uma eternidade. A atendente, muito gentil, serviu-me água gelada. Enquanto eu dava os primeiros goles tentando aplacar a náusea, retomei os pensamentos sobre o ocorrido com o intuito de lhes dar algum lugar. O desatino de querer desvendar uma cabeça começa com o olhar cúmplice de um amigo, se esgueira pela inocência dos curiosos, evolui para os gestos vigilantes dos familiares, alcança a pesquisa dos obcecados e desagua na insanidade despudorada de um estilete dissecador. A padaria, quase vazia, cheirava a pão de queijo e a atmosfera parecia ondular ao som de uma antiga canção, "Have You Ever Seen the Rain?". Do passado, eu queria apenas músicas. Suavemente apalpei a bolsa e senti entre os dedos o volume do caderno do pai. Não, eu não iria abri-lo. Meu pai estava naquela situação de morto-vivo, a qualquer momento deixaria de existir. Os mortos precisam morrer com os seus segredos. Fodam-se os curiosos de meia-tigela, os dissecadores, os violadores.

Mas a consciência do mal não basta para frear o seu ímpeto. Mesmo depois de guardar o caderno numa estante, não encontrei sossego. Minha cabeça rodopiava num torvelinho de frases, parecia invadida pelo zumbido ensurdecedor de palavras, como uma praga de gafanhotos.

Perguntei outras vezes ao pai a razão de ele querer abrir ou fechar a caixa. Ele era um colecionador nato. Eu queria perceber o sentido de guardar tantos bilhetes de loteria. Seria uma prova do azar arrastado ao longo dos anos? E se o pai quisesse abrir a caixa justamente porque ele supunha ter ganhado um prêmio? Examinei os bilhetes novamente para encontrar datas. Em vão.

Não consegui calar a curiosidade ridícula e acabei por perguntar ao pai se ele jogava na loteria. Não tinha coragem de contar a verdade, de lhe dizer que eu violara um segredo, que destruíra a caixa de seis lados que ele próprio havia caprichosamente construído e que, agora, eu tinha comigo um caderno dele.

Quando cheguei ao hospital, precisei esperar o enfermeiro terminar a incômoda aspiração, um procedimento que deixava o rosto do pai roxo, como se prestes a explodir. Fiquei próxima ao quarto, ouvindo o barulho dos engasgos paternos, com a respiração ofegante. Assim que o enfermeiro saiu do quarto, eu apareci com um sorriso: "Olá, tudo bem?". Ele me olhou, como costumava fazer nos últimos tempos, taciturno e exangue. Nenhum sorriso, jamais um riso.

Após contar sobre o meu cotidiano, perguntei se ele gostava de jogar na loteria. Nenhuma resposta. Prossegui dizendo que queria saber se ele já havia jogado, se alguma vez ganhou um prêmio. Ele não parecia interessado, olhava fixamente para a sonda, como de costume, para se certificar de que a alimentação estava pingando direitinho dentro do tubo de plástico. Ao perceber a indiferença do pai, eu me senti tão ultrapassada quanto os bilhetes de loteria vencidos.

Depois de tudo, ainda assim, queria descobrir a razão para ele ter guardado os bilhetes e um caderno. Antes de deixá-lo para ir trabalhar, lembrei que nunca havia lhe contado sobre o meu encontro com o amigo dele, o senhor Fonseca, no outro hospital. Então, disse-lhe em tom confessional: "Pai, o seu amigo, o senhor Fonseca, ele foi afável comigo quando o encontrei por acaso; já faz algum tempo". Enquanto eu falava, ele me olhava como se eu fosse uma sonda alimentar; depois, piscou com vagar e disse roucamente, "Obrigado".

Sentei-me à sombra de uma árvore no jardim do hospital. Nenhuma iluminação. "A vida é isso... desatino. O meu marido e os meus filhos não sabem, mas o meu pai talvez saiba. O que se passa comigo? Estou só. Merda!"

2

O pai conseguia parar em pé com a ajuda de enfermeiros e de uma prancha. Um dia bateu a cabeça e nela surgiu um galo. Demorei alguns anos para perceber que galos e galinhas não são tão estúpidos quanto se pensa. Talvez nem os pombos o sejam. Eu sabia cada vez menos sobre a estupidez e nada conhecia da vida de outros seres que muitas vezes nos são servidos em forma de refeição. Não sei de onde tirei a ideia de que as aves que parecem ter o pescoço alinhado ao movimento das pernas são vítimas do mundo. Cresci ouvindo anedotas que mostravam o quanto galinhas são idiotas, assim como pavões parecem orgulhosos, mas se envergonham da feiura dos próprios pés.

Certa manhã no Parque da Água Branca, avistei uma galinha empurrando seus pintinhos com o bico para um caminho menos íngreme, perto de um pequeno barranco. Os pintinhos, um por um, a obedeciam. Mas alguns se aventuravam, certamente por uma curiosidade típica dos pintos, e saíam da trilha indicada pela mãe. Então caíam, batiam a cabeça, ficavam de pernas para o ar, enquanto ela permanecia quase impávida a olhar cada rebento, de cima de um morrinho. Os atrevidos se reerguiam rapidamente, sozinhos. Sacudiam o corpo, corriam para junto dela ao som do piar agudo dos irmãos. Não sei o que fariam se fosse a mãe que caísse e batesse a cabeça. Difícil ver uma galinha adulta tropeçar e cair. Talvez porque quando caem, se é que isso acontece, é para morrer. Mesmo que os seres humanos sejam mais inteligentes do que as galinhas, a maioria deles já teve ao menos um galo na cabeça.

Sentei perto de duas galinhas que bicavam uma minhoca ainda viva. É diferente o sofrimento da perda abrupta de quem amamos daquele de presenciar o seu sofrer a pingar dia após dia. O primeiro sofrimento é lancinante e ácido. O segundo é como uma ausência de apetite. O primeiro lembra uma galinha que escorrega, bate a cabeça e se espatifa no chão. O segundo é como uma galinha que vai ficando depenada, como se estivesse submetida à quimioterapia, provocando uma torcida para que ela morra depressa, mesmo que seja para ser jogada dentro de uma panela de ensopado. A galinha quase bela vira pura biologia, uma presa a ser abatida. Apenas a sua cabecinha se mantém com pequenas penas, como se ela ainda guardasse algum segredo só seu. (A minhoca parou de estrebuchar e virou alimento para as galinhas.)

A verdade é que a cabeça do pai estava se rendendo. Sua vida privada findara antes dele. "Não morrer de véspera" é uma convicção que respeita um suposto calendário divino. Mas o final da vida naquelas condições parece sem pé nem cabeça. O medo da morte é uma fraude diante do pavor de existir sem poder se mover. Nem estrebuchar o pai conseguia. Restava a sua cabeça, uma jaula repleta de feras, cuja crueldade fazia eco com as notícias que vinham de Brasília. Todos os dias eu perdia um pouco do pai e do país. Uma perda sem descanso ou luto. Chorar não me era suficiente.

(Mas nem as galinhas são o que parecem. Outro dia descobri que elas podem ganhar o vício de chupar os ovos que botam. Comem o ovo pela casca e depois chupam o conteúdo. Falta de cálcio, ensinaram-me. Essa explicação científica voltou a me dar o consolo hipócrita de ver as galinhas como vítimas.)

3

A minha ridícula teimosia em descobrir algum sentido para o fato de o pai guardar bilhetes de loteria e um caderno não me abandonou. Desatinei e não conseguia me livrar dessa obsessão, pior que um encosto. Em pleno domingo à tarde, em vez de estar com o meu marido no clube e ao sol, preferi ficar em casa. Era um dia em que os filhos visitavam o avô no hospital, o que já me dava alguma folga.

Falava sozinha, fazia uns dias que isso me apareceu, de falar para o vazio quando não havia ninguém por perto. Falava não apenas quando estava no banho, mas também ao dirigir o automóvel, durante as caminhadas a pé, ao preparar as refeições e, por fim, em casa, deitada no sofá, entre uma leitura e outra. Repetia em voz alta frases inteiras de anúncios publicitários transmitidos pela televisão, sobre geladeiras, fogões, medicamentos para enxaqueca, dores estomacais e até um anúncio de pilhas e outro de fraldas geriátricas. Também repetia frases que lia nas bulas dos remédios repletas de termos como *Streptomyces viridochromogenes*, tetraciclinas, metotrexato, penicilamina, clorodiazepóxido. Viciava-me num solilóquio sem função e acabei por adotar uma postura ambígua, entre uma fonoaudiologia amadora e uma cacofonia compulsiva. Às vezes, passava horas a pronunciar uma só palavra repetidamente, mudando a entonação a cada vez. Falar sozinha virou um tique, acreditava mantê-lo sob controle. Mas as palavras irrompiam boca afora. Um dia, meu filho mais velho me disse que eu andava desparafusada. Ele saiu de mim e mais parecia um vizinho, sempre por perto e torcendo para não ser incomodado.

Não fui ao clube porque queria encontrar alguma coisa dentro de casa que nem eu própria sabia o que era. Enquanto andava, repetia em voz alta o meu nome e, quanto mais ele era dito, menos ele parecia meu. Não conseguia esquecer o que havia ocorrido no dia anterior, quando comecei a contar uma história ao pai e, inesperadamente, patinei no final da primeira frase. Fiquei presa numa palavra, não consegui energia para terminar de pronunciá-la. A palavra prendeu de tal forma a minha língua que tive dificuldade em respirar. A língua inchada se viu empurrada para o fundo da garganta, forcei a fala e engasguei. A enfermeira trouxe-me água, o pai parecia alheio aos meus ruídos guturais. Voltei para casa e, somente depois de estacionar o carro na garagem, consegui dizer a palavra travada, "relíquia".

Lembrava esse incidente enquanto andava pela sala em círculos, desmilinguida. Entrei e saí da cozinha diversas vezes, abrindo e fechando a geladeira, mas também fui ao banheiro confirmar que nada havia para fazer ali. Resolvi me deitar, levei o corpo até o quarto, mas, ao chegar lá, perdi a vontade de esticá-lo sobre a cama, fiquei em pé, parada diante da janela, vendo a rua ao longe. Havia tido insônia nas últimas semanas, devia ser um distúrbio ou uma síndrome, conforme virou moda falar. Se fosse uma doença, sufocava-a com uma droga. Mas as síndromes são ilimitadas, sem pé nem cabeça, não se sabe por onde atacá-las. São mais insidiosas do que as tentações de um pecado. O pediatra inglês Harry Angelman deu nome a uma síndrome genético-neurológica cujas características incluem distúrbios no sono e dificuldades na fala. Mas eu não era criança. No riquíssimo léxico das síndromes da atualidade provavelmente existe uma que me explique. Ou mais de uma, pois elas são promíscuas, e nisso superam uma velha úlcera. Em dias assim, avistar o céu nublado, do vigésimo primeiro andar, antecipa o estrondo de um corpo que se espatifa lá embaixo, bem mais do que uma informação meteorológica.

Fui até lá. Era um cômodo retangular, relativamente grande, com teto e piso de madeira, além de paredes cobertas por estantes de carvalho, repletas de livros. Fui até lá, sem saber exatamente o que faria. Abri um pouco as cortinas que cobriam uma pequena janela. Um filete de sol iluminou romances que haviam sido do meu avô, herança familiar enfileirada com a elegância inexistente em minhas ideias. Contemplei os livros sobre história medieval, mineralogia e arqueologia — a paixão do meu pai. Ajeitei os óculos para apurar a vista diante dos livros bem acima da minha cabeça, na última prateleira, colada ao teto. Eram compêndios de culinária da minha mãe ao lado dos livros de viagem, que hoje parecem pouco práticos, sobre a China, a Pérsia e a Índia. Na prateleira próxima à porta, estavam os livros esquecidos por meu filho mais novo, com capas coloridas e moles, tão displicentes e despojadas quanto as roupas dele. Os livros do mais velho não estavam lá, ele nunca quis colocar as suas leituras alinhadas com as nossas, mantinha tudo o que era dele em seu quarto. Meus filhos também leem livros digitais pirateados. Dizem isso com uma ponta de impaciência e outra de afronta.

    Meu corpo frondoso, distante da silhueta franzina da adolescência, acomodou-se no sofá com almofadas de couro. A velhice ainda não me caía bem, mas eu havia perdido o hábito da juventude. Queria ler alguma coisa. Olhei para a estante mais próxima à janela e avistei o caderno do pai. Bastou vê-lo para desaparecer a calma que eu começara a sentir. Levantei-me decidida a pegar o caderno. Em pé, diante da estante, retirei o caderno da prateleira, voltei a me sentar e o coloquei sobre as coxas. A capa marrom era ligeiramente rugosa, as folhas formavam um volume de cerca de cem páginas. Meus dedos da mão direita escorregaram para a lateral externa do caderno, como se eu fosse abri-lo. Fechei os olhos, contraí os músculos do corpo inteiro e não consegui ir adiante. Tocar aquele caderno provocou-me uma pontada no meio da barriga e a língua defunta ficou tesa. Uma canastra de lembranças acerca dos meus pais mudou o rumo dos acontecimentos: nos últimos tempos, minha mãe havia tido alguns ataques de ira e, certa vez, ela quase agrediu o marido. O meu filho mais velho contou-me. Ele não apenas presenciou a deprimente cena como segurou a avó, enquanto o avô ficou cheio de constrangimento e tristeza. Passada meia hora, ela não se lembrava de nada.

    Basta. Segurei firmemente o caderno e o escondi embaixo de uma das almofadas. Mesmo assim, havia um filme em curso na minha cabeça que continuava a se desenrolar, como uma serpentina lançada no salão vazio de uma folia, em plena Quarta-Feira de Cinzas.

    Pouco antes, naquela mesma manhã em que meu pai havia tido o AVC, é capaz que minha mãe tivesse brigado com ele. Ela, de camisola, despenteada, partiu para atacá-lo, dando murros a esmo, vociferando frases sem sentido, enquanto ele, suado e trêmulo, implorou que ela não fizesse aquilo. Protegia o rosto com os braços e, ao dar um passo para trás, alcançou a sua caixa. Abraçou-a, com os olhos lacrimejantes, como se aquele objeto fosse um escudo, uma boia, a sua sanidade mental. Sem pestanejar, a esposa avançou para cima dele. Arrancou a caixa das mãos do marido. Tinha força nos braços. Tomou-lhe a caixa em meio a ofensas e tentativas de dar safanões. A ele, restou apenas um parafuso. Subitamente, ela estendeu os braços para o alto, empunhou a caixa com a mão direita, como se fosse arremessá-la contra o marido. Mas, antes disso, ele fraquejou as pernas, sentiu-se tonto, seus olhos não queriam continuar a vê-la, ele caiu sobre o sofá e não se levantou mais.

Desatei a chorar diante de uma mãe demente a atacar um pai exausto. Tive sempre um grande pudor perante as lágrimas, minhas e alheias, algo da longínqua influência protestante, ou um traço de orgulho próprio, o primeiro a ser atingido nessas situações.

Como qualquer ser que teme a si mesmo, não tardei a generalizar o caso, transformando-o num tema. (Eu fazia isso desde criança, sempre funcionou. Quando a minha amiga de infância, Virgínia, pegou meningite e quase morreu, eu me recusei a visitá-la e me pus a estudar as membranas que protegem o cérebro, passei semanas em busca de casos sobre inflamações incuráveis, fui em busca das estatísticas sobre as epidemias, encontrei os cientistas do final do século XIX, desejosos de contar os milhares de germes pululando num único dedo humano.) Essa espécie de histeria, eu havia cultivado nem sempre em doses homeopáticas; era uma questão de dedicação e prática. Fiel ao familiar estratagema, forcei-me a pensar no tema: casais espalhados no tempo, dementes e sãos, que passam ao ato infame, surram, matam. Mas só conseguia vislumbrar homens. Uns tão diferentes de outros, como o filósofo francês e o rei inglês. Nas mil e uma histórias alinhadas nos livros, assombrava a violência, desde o rei Shariar até os mais simplórios jagunços, igualando-os todos em certa desmedida. Há quem insista em crer que agredir não passa do avesso do amor, como se os humanos não fossem desde sempre perigosos e daninhos (basta morder a língua sem querer para sabê--lo). Depois, os vizinhos, os conhecidos, os tribunais, os jornais, contentam-se em perguntar as razões do ato. (Há sempre quem goste de questionar o que é menos digno e humilhante, quais cicatrizes importam e até quanto um corpo aguenta apanhar, até quando uma cabeça resiste em um ringue transformado em circo para briga de pintos.) Com o tempo, o ato violento é deixado no passado, como se fosse possível esquecer as dúvidas: o arrepio provocado por uma mão que se fecha para um murro e se levanta feito catapulta para esmagar uma cabeça estaria em não mais se parecer com uma mão ou muito pelo contrário? A mão fechada para um soco aprende um segredo revelador da condição humana ou exprime a sua falta?

Generalizar a violência, estudá-la, imaginar tapas em cascatas, espraiados ao infinito, sem que eu conseguisse ter freio, era um tique bem difícil de conter. Eu me considerava uma perita nessa compulsiva desventura imaginativa. Prossegui perguntando sobre quem tem prazer em bater e apanhar, dentro de lares e alcovas, dos mais sórdidos aos mais façanhosos. E também, a tentativa, a posteriori, de querer distinguir a "gota d'água", o que desencadeou a passagem ao ato, com a mesma ingenuidade com que, anos antes, procurou-se entender o que havia despertado a paixão. Eu conhecia casais que desde o começo de suas vidas íntimas continham descontentamentos maiores do que amores, casais acomodados à amargura permanente, à humilhação rotineira, às palavras que ferem mais profundamente do que um soco. E também os desprovidos do frêmito dos desejos indomáveis, que agridem sem lubricidade, desmemoriados, como se fossem casais sem cabeça, com seus membros a estapear um ao outro, em violências esquecidas da razão para odiar, tão absurdas quanto as balas perdidas. Seres lesados, para quem a cabeça é enfeite em dia de luto.

    Astolfo. A loucura que o caracterizava vivia à solta na cidade, sem saber o que era o amor-próprio e o gosto por si. Sua insanidade ainda dançava, como aquelas figuras do imaginário medieval, sem a disciplina dos diagnósticos oriundos do senhor Alzheimer, liberta dos nomes "esquizofrenia", "paranoia", entre tantos outros que tentaram apagar a sua desenvoltura macabra. Não, não era Astolfo que me assombrava e que eu temia perceber nos olhos verdes da minha mãe, uma vez que ela, como ele, sempre me pareceu liberta de si e dos outros.

Nesse momento, como uma traiçoeira vírgula, o tema despedaçou-se. Uma visão inesperada saiu sabe-se lá de qual círculo do meu inferno, ganhou consistência como num passe de mágica e se apoderou de cada célula do meu ser. Estremeci. Vi uma mulher, que veio em minha direção. Ela surgiu sem o meu consentimento, como uma intrusa. Era de estatura baixa, corpo compacto, uma imagem até então esquecida e impalpável. Vestia uma roupa descolorida, tinha cabelos cinzentos, rosto redondo, boca pequena, olhos escuros e brilhantes. Cheirava a não sei o quê. Era a mulher do Astolfo. Eu a havia visto poucas vezes. Agora, ela me aparecia como se eu a tivesse encontrado no dia anterior. Tinha uma voz surda. Ela falava, mas eu não entendia, era como um eco longínquo que não chegava até mim. Era a mulher do maluco, a pequena criatura, a santa portátil, a rata que interpela.

    Uma tremedeira incontrolável invadiu o meu corpo quando, subitamente, eu ouvi com clareza o que aquela figura disse, lá do outro lado da vida, eu não tinha mais do que onze anos. Como já era o costume, alguém lhe perguntou o que ela fazia para aguentar o doido. "Quando ele me agride, vejo as minhas mãos. Quando ele está agitado, falo com ele até amanhecer."

Houve uma noite, porém, que aquela mulherzinha se aproximou de mim. Agarrou no meu braço esquerdo, puxou-me para perto dela e sussurrou-me, caprichando em cada palavra: "Paula, Paulinha, vou te contar um segredo, ao longo de todas as noites, eu faço perguntas ao Astolfo. Perguntas que ele não entende, que ele não consegue responder. Eu sei. Ele fica apavorado; e eu continuo a perguntar, a noite inteira, até amanhecer".

Sempre que fugia de mim mesma, era dela que eu fugia.

4

Após um período de sono profundo, retornei à rotina que havia abandonado. Meus pais continuavam internados, eu os visitava com um desembaraço outrora impossível. Certa tarde, ao passar a pé em frente à casa lotérica, próxima da moradia paterna, fui abordada por um funcionário jovem, que saiu de seu lugar atrás do balcão e correu ao meu encontro:

"Ei, você não é a filha do Braga?"

"Sim."

"Eu conheci seus pais, eles vinham sempre aqui, soube que eles estão internados, verdade?"

"Ele sempre vinha aqui jogar?"

"Sim, ele e sua mãe."

"Os dois?"

"Em geral os dois; eles eram engraçados, ganharam umas duas ou três vezes, mas pouco. Tinham sorte. Não era uma sorte grande, mas era sorte, claro. Eu dizia que deviam apostar mais dinheiro, mas eles não queriam. Gostavam mesmo era de vir aqui jogar e depois, vê aquela padaria ali em frente?, pois é, ficavam lá, tomavam café, conversavam com a Marli da loja de roupas, riam do chaveiro Jorge com a mania de falar mal de si mesmo, depois passavam horas com o velho Góis, homem vivido, tinha um filho em cada canto do Brasil, dizia que gostava de todos igualmente e seu pai concluía que ele daria um ótimo presidente."

Olhei para o outro lado da rua, avistei as cadeiras nas quais provavelmente os meus pais se sentavam para prosear. Tiveram sorte, pensei. Uma sorte do tamanho deles. Senti um enternecimento que não machucava o estômago, mas moderava a amplitude do meu riso. Envelhecer talvez fosse algo assim.

Ao me virar para o outro lado, vi o senhor Fonseca. Ele veio ao meu encontro. Dirigiu-se a mim com vagar, estávamos próximos ao parque, ele pediu para entrarmos, fomos até um banco coberto por um caramanchão. Passados alguns instantes, sentados lado a lado, ele começou a falar:

"Houve um domingo em que eu encontrei por acaso os seus pais, bem aqui. Ele me pediu que eu ficasse um pouquinho com a sua mãe enquanto ele comprava verduras e frutas. Eu a levei para ver as galinhas, as flores, as seringueiras, ela logo se esqueceu do seu pai, distraiu-se, estava bonita, como sempre, rimos juntos e, enquanto isso, ele pôde fazer a feira. Seu pai não queria dizer nada de mal sobre ela, nem a você, nem aos médicos. Ele também era discreto sobre os seus próprios problemas cardíacos. Provavelmente eu era o único que sabia dessa situação, mas falávamos apenas uma ou duas palavras a respeito, ele logo partia para as piadas, eu também, de modo que ele poupava a todos de ouvir sobre essas mazelas que surgem como moscas na vida de qualquer um. Ele dizia que você era uma filha única angustiada com eles, havia uma ponta de tristeza ao dizê-lo, sabia que você era igual a outros filhos em relação aos pais velhos, não há como ser diferente, é a ordem natural das coisas."

"Igual como?"

"Você sabe."

Mal acabei de ouvi-lo, empinei o corpo e disse-lhe que a ordem natural das coisas pode ser insuportável.

O senhor Fonseca concordou, não tinha nada a acrescentar.

5

Um ano após o AVC do pai, minha mãe fechou os olhos e se foi. Morreu depois de passar batom, subitamente, sem oposição, como se a morte já lhe fosse natural. Conforme se diz por aí, morreu de morte morrida. Durante o velório, uma chuva torrencial lavou a cidade. Mas o país estava maculado, havia séculos. Em meio às chuvas torrenciais como aquela, nas quais a natureza parece maior do que o asfalto esburacado, me iludo por segundos sobre um berço esplêndido que nunca existiu. E desde que a chuvarada parte em fuga, vejo que não há saída. Há ninhos de bactérias por todos os lados, tão daninhos quanto aqueles que em algumas horas iriam devorar o corpo materno. Meu pai era mineiro mais do que brasileiro e não teve a mesma sorte da esposa. Viveu um longo tempo à espera da melhora, depois da morte e bem depois do nada. Dois anos após o AVC, ele sobrevivia, deitado. Deixou de falar, como quem desiste de andar. Seu corpo era o algoz, o inferno, e só o que lhe restava. Numa semana fria, ele quase arrancou a sonda alimentar da barriga. Era gesto impensado, distraído, ou vontade de acabar com tudo aquilo, arrebentando um cordão umbilical de borracha que fazia dele um velho feto fadado a nunca nascer, nem morrer.

* * *

Era o verão de 2019. Enquanto um mar de lama vazada de uma represa soterrava centenas de vidas em Minas Gerais, a mineirice do meu pai sobrevivia, dando parcos sinais de lucidez, especialmente quando eu lhe recordava amigos e filmes que ele gostava de rever e de repetir as falas. A presença paterna não me deixava esquecer o quanto Minas, que resplandecera no barroco, agora agonizava sob o barro. Uma região com montanhas saqueadas feito galinha depenada. O Brasil é um galo maior do que o francês, mais colorido do que os bichos americanos, vítima das raposas do seu próprio galinheiro.

Alguns dias antes de morrer, o meu pai se tornou um moribundo. Ele não habitava mais este mundo, nem qualquer outro. A cabeça adquiriu a aparência descarnada de um crânio, como se o nada já tivesse invadido o seu interior. Ver essa mutação era profanar o que devia ocorrer em segredo. O meu pai ainda não tinha morrido, mas tampouco estava vivo. Vivo de viver, ou vivo de quem se converteu num proscrito?

Ele faleceu quando nem mais abria os olhos para me ver chegar ou partir.

    Durante o funeral, me veio a lembrança da última história que lhe contei, quando ele ainda reagia à presença das pessoas junto dele. Foi numa tarde de domingo, encalorada e calmosa, que eu puxei da memória a figura de Germano, um sujeito que frequentou a nossa casa durante anos. Germano era magricela, moreno, narigudo, olhar atento, mineiro de pai e baiano de mãe, sempre com os cabelos crespos pretos esticados para trás, graças à brilhantina. Calçava uns sapatos bicudos, imitando couro envernizado. Trabalhava no antigo Banco do Estado de São Paulo e nas horas vagas vendia túmulos. Aos sábados, circulava a pé pelo centro com um catálogo de jazigos dentro de uma pasta de couro marrom. Falava dos produtos com o entusiasmo de quem vendia palácios. A conquista de um comprador lhe era um desafio e uma arte. Ele tinha faro. Dentro de um boteco, logo se aboletava ao lado de quem intuía que lhe daria atenção. Nunca ia direto ao assunto. Rodeava-o com anedotas, depois fazia um ar sério e perguntava:

    "Conheceu o Venâncio Braga?"

    Na ausência de uma resposta positiva, nunca ocorrida, Germano continuava:

"Cliente finíssimo, gente muito boa, mas que nunca teve prestígio. Veja bem, há tantas celebridades com brilho falso, mas Venâncio Braga foi o descobridor do freio de mão dos automóveis e viveu sempre sem reconhecimento."

Em geral, o ouvinte acreditava, mas podia haver a raridade de um sabichão retrucar:

"Não foram os americanos?"

Germano respondia de acordo com cada caso. Se fosse um ouvinte mais à esquerda, se aproveitava de um suposto antiamericanismo para dizer:

"Sabe, os americanos inventaram várias coisas, mas plagiaram muito mais."

Se fosse alguém mais virado para o lado de cá da Guerra Fria, dizia:

"Venâncio Braga inventou o freio de mão, mas não divulgou nem patenteou o invento. Era um gênio o tipo, e os gênios têm essa mania da timidez, às vezes chegam a ser confundidos com os tolos."

Depois, Germano completava:

"O problema é que também tinha a bebida."

"Bebia?"

"Não se controlava. E ainda havia as mulheres..."

Nesse ponto da conversa, o ouvinte nunca discordava. Em geral, perguntava:

"E então, o que aconteceu com ele?"

"Morreu de cirrose", respondia Germano com ar condoído, já adivinhando que estava diante de um futuro comprador. Para fisgá-lo de vez, contava em tom de confissão:

"Mas, sabe, quando Venâncio Braga ainda era forte como um touro, decidiu comprar uma sepultura. Era um homem muito consciencioso. Desses que pensam nos filhos. Não queria deixá-los com aquele fardo. E também queria uma tumba familiar porque pensava no futuro."

"Era precavido?"

"Previdente, sábio. Por isso ele me procurou, afinal eu sou especialista na matéria. Então eu lhe vendi um túmulo bem formoso. Uma beleza! Com degraus de pedra e uma fachada que sustentava uma pequena escultura com a forma de uma família à mesa, incluindo o pai, a mãe, os filhos e um cachorro. Era um túmulo familiar. Depois que Venâncio Braga o estreou, os funcionários do cemitério começaram a chamá-lo de túmulo do Braga. E aí, meu chapa, você nem pode imaginar o que aconteceu."

Germano parava, dava um gole na cerveja, beliscava umas azeitonas e o ouvinte já estava fisgado.

"Então, o que houve?"

"Primeiro, aquele túmulo virou um ponto de encontro dos coveiros e faxineiros do cemitério, porque era fácil de achar, ficava numa região central, e ainda tinha a graça de lembrar um coreto, um bar, um lar. Os coveiros ficavam lá para fumar um cigarro e jogar conversa fora. Mas não parou aí. Mais gente foi atraída pelo túmulo: diferentes tipos que visitavam os parentes mortos se sentiam bem quando o avistavam. O túmulo os reconfortava e sua fama correu de boca em boca, despertando a curiosidade dos psicólogos, dos historiadores, dos antropólogos e de estudantes que queriam saber quem fora o Braga, quem construíra o túmulo, quem era aquela família esculpida em pedra, conservando laços alheios ao frio e aos temporais. Nada descobriam e, por isso mesmo, a curiosidade aumentava, assim como a fama do túmulo. Depois vieram os turistas, pois agora há dessas modernices em cemitérios. Dizem que lá foram também uns grupos de teatro, célebres artistas. Mesmo durante os dias da semana, o túmulo começou a ser assediado pelas beatas. Elas acendiam velas nos degraus, oravam pelo Braga e por aquela família, como se o Braga desse origem a descendentes santos. Confessavam-lhes coisas e algumas pagavam promessa lavando o túmulo e varrendo o entorno. Outras o viam como um verdadeiro oráculo. Inventaram de plantar árvores para fazer sombra ao monumento nos dias ensolarados. Por essas e outras, o túmulo acabou por ser um investimento financeiro que beneficiou os filhos do Braga, pois, como dentro dele havia gavetas para vários corpos, venderam algumas para primos e tios, que acharam tudo muito caro, mas não resistiram a ter uma adulação póstuma parecida com a do velho Braga. Pensavam que depois de mortos existiriam eternamente no seio de uma família feliz. Aliás, mesmo os primos que não tinham o sobrenome Braga resolveram adotá-lo para ter acesso ao túmulo de modo mais legítimo. E, assim, os Braga cresceram para além dos primos de primeiro e segundo graus. Incluíram simpatizantes, que se converteram ao braguismo e que, embora não coubessem mais lá dentro, escreviam na imprensa sobre o fenômeno. O obscuro Braga, aquele que inventou o freio de mão e que nunca ninguém soube, virou um monumento, uma família, uma comunidade. Atribuíam-lhe a imagem de um grande patriarca, além de um célebre senhor com um clã extenso e devoto ao seu sobrenome, sem contar os admiradores no estrangeiro. Sim, vários! Parece até que quiseram classificar o túmulo do Braga na categoria de patrimônio da humanidade."

Germano terminava por conquistar ouvintes e admiradores. Nunca soubemos quantos túmulos vendia e o quanto contava de verdade. Nem temos a certeza de que, dentro de sua mala marrom, havia de fato um catálogo. Era certo, contudo, que Germano se entusiasmava com a própria narrativa e sabia encantar. Ignoramos o seu paradeiro e não sabemos se já morreu e onde foi sepultado.

Ao ouvir sobre Germano naquela tarde, meu pai levantou as sobrancelhas e riu.

Nota da autora: Os personagens deste romance falam, agem e pensam de acordo com as suas épocas e dentro de seus limites culturais. Seria anacrônico historicamente e artificial literariamente adaptar as suas falas ao modo como atualmente aprendemos ser correto e justo.

© Denise Sant'Anna, 2022

Todos os direitos desta edição reservados à Todavia.

Grafia atualizada segundo o Acordo Ortográfico da Língua Portuguesa de 1990, que entrou em vigor no Brasil em 2009.

capa
Daniel Trench
preparação
Ana Alvares
revisão
Fernanda Alvares
Tomoe Moroizumi

Dados Internacionais de Catalogação na Publicação (CIP)

Sant'Anna, Denise (1958-)
 A cabeça do pai / Denise Sant'Anna. — 1. ed. — São Paulo : Todavia, 2022.

 ISBN 978-65-5692-337-6

 1. Literatura brasileira. 2. Romance. 3. Ficção contemporânea. I. Título.
CDD B869.3

Índice para catálogo sistemático:
1. Literatura brasileira : Romance B869.3

Bruna Heller — Bibliotecária — CRB 10/2348

todavia
Rua Luís Anhaia, 44
05433.020 São Paulo SP
T. 55 11. 3094 0500
www.todavialivros.com.br

fonte
Register*
papel
Munken print cream
80 g/m²
impressão
Geográfica